Main Characters
主な登場人物
Group A
鈴《すず》木《き》梓《あずさ》
Aグループの眼鏡美人。16歳。
人間観察&分析が趣味。特技は合気道。
Group B
桜《さくら》木《ぎ》亮《りょう》
本編の主人公。16歳。
とある理由で目立つことを避け、
Bグループを演じている。

Group A
山岡咲《やまおかさき》
無口なAグループの少女。17歳。
基本無表情で、親しい相手にしか
素顔を見せない。
Group A
藤本恵梨花《ふじもとえりか》
本編のヒロイン。16歳。
アイドル並みの美少女。明るく優しい
性格だが、世話を焼き過ぎる面も。
Group B
小路明《しょうじあきら》
亮の親友。16歳。
Bグループに属し、学校では
大抵亮とつるんでいる。

プロローグ

人には分相応な立場というものがある。

大きな役割を与えられる人間がいれば、小さな役割が相応《ふさわ》しい人間もいる。それを大きく踏み外そうとすると、大抵は手痛いしっぺ返しを受けることになる。稀《まれ》に上手くいく者もいるが、それがごく少数だということは明らかだろう。

そしてこの手の役割の差は、学園生活でこそ顕著に表れる。

例えば、中学、高校のクラスの場合、ある程度の時間を過ごせば、自然とグループが出来る。そして、そのグループは見えない壁のようなもので仕切られている。この壁こそが分相応の象徴だ。単純で分かりやすいものを挙げるなら、容姿の違いなんかがいい例だろう。

例えば男子は格好いい者同士で固まり、女子は可愛い子同士で集まる。一方で、外見的にあまりパッとしない者の周りには、何故か同じようにパッとしない奴らが集まる。どこの学校でも見られる光景だ。

もちろん、容姿が優れていなくてもそのグループに溶け込める人間はいる。雑談が上手かったり、勉強が出来たり、スポーツの才能に優れていたり、つまりは何かしらの才能に特化したような奴らだ。陽気で人を笑わせる能力に長けた人間などはその典型といえる。

こうした奴らが集まったグループは、クラス内ではもちろん、校内でもある程度目立つことになる。そしてそれに続くようにパッとしないグループがあり、更にもっと地味なグループがある。これを三段階で示すなら、目立つ者達をAグループ、地味なグループをC、その中間のグループをB（普通）と区分けできるだろう。

人は異物には敏感だ。先に述べた「壁」の存在故、Cグループにいる人間がBグループに交じることは難しい。短い間ならともかく、長期間にわたって馴染むことはまず困難だ。

もちろん例外はいる。A、B、Cなどに関係なく接触する、いい意味で八方美人的な者、あるいはどのグループにも属さず、特定の友人とのみつき合ったり、常に一人で行動したりする者。しかしそれもごく少数。普通は皆、新しいクラスが始まり、時間が経つことにより、分相応のグループに自然と所属していくものだ。

ところが、ここにこれらの考察をし、その上であえてBグループを選んで所属している少年がいる。

少年の名は、桜木《さくら ぎ》亮《りょう》。高校二年の十六歳で、ダサイ黒縁眼鏡をかけ、少しだけ短めの髪の毛を、寝癖の出ない範囲でセットしている。

中背で、引き締まった肉体をしているが、服の上からはそうとは分からない。鼻が高く整った顔立ちだが、眼鏡のせいか、はたまた髪型のせいか、その顔立ちも目立たない。つまりは一見、ごく普通のどこにでもいる少年である。

彼――亮は自身の高校生活に大きな不満もなく、穏やかに過ぎる日常に概《おおむ》ね満足していた。

今でこそBグループの少年だが実はもともと彼は中学校時代、いわゆるAグループに所属していた。しかもAの中でも、悪目立ちする友人達に囲まれていたのだ。悪友達に影響され、振り回される日々はとても穏やかとは言い難く、非常に忙しないものだった。そこで、高校生活はせめてゆっくり過ごしたいと考え、受験勉強を必死に頑張り、彼らの行かない、もしくは偏差値の届かない高校を選んだ。

そうして、今の高校に入学したのである。亮は穏やかに過ごすことを邪魔されないために、同じ轍《てつ》を二度と踏まないために、Aグループの人間には極力近づかないようにした。亮としては、Aグループでなければどんな立場でも構わなかった。

理想を言えばCグループに入りたかったのだが、彼らとは会話も趣味も噛み合わないことが多く、気づけばBグループのクラスメイトとつき合うようになっていた。

要するに、クラスをA、B、Cなどと分けて見ているところはあるのだが、あくまで、Aの人達に関わって振り回されないようにするというのが彼の最優先事項だったのである。

俗に「高校デビュー」といった、入学を機にAグループに入ろうとする気概を表す単語があるが、彼の場合、この正反対に当たるだろう。

言うならば「逆高校デビュー」である。

晴れて「逆高校デビュー」を果たした亮は、Ｂグループの中でも特に目立たずに過ごすよう注意し、いるのかいないのか分からないという実に存在感のないポジションを得て、静かな高校生活を一年間、過ごすことに成功した。この一年で、亮は自分の選択が間違っていなかったことを確信し、絶対手放してなるものかと固く誓った。

ところが、そんなＢグループの学園生活を謳歌していた亮に、ある日思わぬ転機が訪れる。この日の出来事が果たして自分の高校生活にとってプラスだったのか、マイナスだったのか、亮は後々まで大いに悩んだところではあるが、結局のところ、未だにその結論を下せていない。

第一章　運命のエンカウンター

五月のある日、学校からの帰り道。

頭上からは春と言うよりも、夏が近づいていることを感じさせる強い陽射しが降り注いでいる。

平和な日常を満喫するべく、たまに一人で帰りたくなる亮は、例え遠回りになるとしても他の生徒がほとんど通らない裏道を歩いて駅に向かっていた。

騒ぎ声が聞こえてふと目を向けると、そこは二十メートル四方の空き地で、亮と同じ学校の制服を着た女の子が、他校の男子生徒三人に囲まれていた。何やら言い争っているようだ。

亮はその場を目撃した瞬間に、面倒はごめんだと足早に去ろうと考えた。しかし、後になって女の子が怪我などしたと聞いたら、さすがに後味の悪い思いをするに違いない。深く短く悩んだ結果、彼女が危なくなったら介入しようと、物陰からこっそり見守ることにした。

どうやら男達の一人が女の子に告白し、一度断られたにもかかわらず、なおも強く迫っているようだ。少し遠いが、耳を澄ませばよく聞こえる。

「いいじゃねえか。せっかくこんな所まで来たってのに『ごめんなさい』の一言だけで、はい、さようならなんて気にはならねえんだよ。ちょっとお茶につき合ってくれってだけじゃねえか」

「そうそう。慰めのつもりでちょっとつき合ってくれたら俺達の気も済むしさ。何より君だって、告白をされて断るなんて後味悪いだろ？　お互いのためにも、少しだけ頼むよ」

軽い調子で仲間の一人が言い寄る。

余りにもふざけた勝手な言い分に、亮は眉をひそめながら、女の子が無事にこの場を切り抜けることを切に願った——おもに自分の平穏のために。

そんな亮の願いもむなしく、後ろ姿の女の子はうんざりしたような声を出した。

「そんなの私には関係ないじゃない。あなた達が勝手に来たんでしょ？　私がつき合わなくちゃいけない理由なんて、どこにもないと思うけど？」

彼女の言い分はもっともだが、この場合、逆効果だろう。

案の定、男達は苛《いら》ついてきたようで、その内の一人が乱暴に女の子の腕を掴んだ。

「もういいから付いて来いよ。少しだけでいいって言ってんだから」

「ちょっと、放してよ！」

女の子が抵抗するように持っている鞄《かばん》を振り回すと、その鞄が彼女の腕を掴んでいた男の顔面に直撃した。衝撃で男が仰け反り、掴んでいた腕を放してしまう。男は痛みに顔を歪《ゆが》め、それを振り払うように顔をぶるぶる振った。

「痛ってえな！」

「何よ、あなたがいきなり掴んでくるから……放してよ！」

今度は別の男が女の子の腕を掴み、首を振りながらさも残念そうに言う。

「あ～あ、こいつは本当につき合ってもらわねえとな。どうする？　お前の家にでも連れてくか？」

「いいな、それ。じゃあ、俺の家に行きますか！」

「ちょっ、冗談じゃないわよ！　放して！　放してったら！」

「この……いい加減におとなしくしろよ！」

「きゃっ！」

女の子は懸命に鞄を振り回して抵抗していたが、いきなり突き飛ばされ、驚きの声を上げて尻餅をついた。

「痛……！　何すんのよ！　警察呼ぶわよ！」

彼女は気丈にも言い返したが、その声は少し震えて、隠し切れない怯えが表れていた。

「いいぜ、呼んだらいいじゃねえか」

亮は思わず、はあ、とため息を吐く。

普通なら、ここで誰かが助けに行けば、女の子にとってのヒーローの座は間違いないものだろう。と言うよりも、随分前から助けに行っても間違いなくヒーローである。

でも、亮はそうしなかった。

もちろん彼としてはいつでも女の子を助けることが出来た。だが、それをすると、後日彼女が助けられたことを友達に話したりして、自分のことが噂になるに違いない。それはとても面倒だ。

亮にとってはヒーローになることよりも、今の、クラスでもいるかいないかのようなポジションを維持することの方が大事だ。なので、できることなら女の子が鞄を振り回し、それにより自力で逃げ出して欲しいと期待していた。

とはいえ、やはり甘い考えは上手くいかないものである。

結局、女の子を助けようと決めた亮は、これまで傍観していたことで悪戯《いたずら》に女の子に恐怖を与えてしまったなと、後悔のため息を漏らしたのだ。

亮は眼鏡を外して胸ポケットにしまうと、足下にあった石を拾い、上空へと向かって投げた。石は山なりの大きな弧を描いて男達の背後に落下し、決して小さくはない音を立てた。

その音に反応して男達が振り返ると同時に、亮は駆け出す。静かな足取りながらも、それは疾風を思わせる速さで、男達が首を傾げて振り返った時には、すでに女の子の前——つまりは、男達と女の子の間にまで到達していた。

まるで足音がしなかったせいもあるだろう、振り向いたすぐ先で亮と目が合った男は、ビクッと驚いて後ろに仰け反る。そして、口を開きかけた直後、走っていた時の勢いも加えられた亮の蹴りを腹部に受けて、後方に吹き飛んだ。

「は？」

そのすぐ右側にいる二人の男が、蹴飛ばされた友人を目の当たりにして、間抜けな声を出した。

亮は背後で女の子が息を呑む音を耳にし、戸惑いの視線を首筋に感じながらも振り向かずに、背の後ろに回した右手をシッシ、と左に向けて振る。意味としては「あっちに逃げろ」だ。

女の子はその意図を悟ったようで、頷くと素早く立ち上がり、亮に気をとられている男達を尻目に走り出した。

「ちょっ……てめえ！」

彼女が走り去って行くのをつい見過ごしてしまった男達は、友人がやられたこともあり、怒りの形相で、拳を振りかざして亮に迫る。

彼らの注意が女の子から自分に切り替わったことに、亮はほっと安堵した。

どうやら思っていた以上に単純な連中らしい。

軽くほくそ笑んだ亮は、余裕で躱《かわ》せる相手のテレフォンパンチに動じず、一人が自分の蹴りの射程距離に入ったのを視認したと同時に、予備動作をまったく感じさせない動きで一閃、足刀《そくとう》を男の鳩尾《みぞおち》に突き刺した。

カウンターの形で亮の足刀を受けた男は、短い苦悶の呻きを漏らすと、すぐに膝から崩れ落ちた。

「は!?」

そんな一瞬のやり取りを見たもう一人の男は、素っ頓狂な声を上げ、目にした光景が信じられないと言わんばかりの顔で、慌ててブレーキをかける。

それは偶然にも亮の射程距離からギリギリ外れていた。内心で舌打ちした亮だったが、男と目を合わせると、すぐさま男の背後に視線を移して叫んだ。

「こっちだ！　早く来い！」

はっとなった男は慌てて後ろを振り返るが、そこには誰もいない。

男が騙されたと悟る前に勝負はついていた。一気に距離を詰めた亮の回し蹴りが先ほどと同様に鳩尾に決まったのである。

「単純でありがとよ」

実に嬉しそうな声色で呟く亮。男にはそれを聞く余裕もなく、苦悶に顔を歪ませて崩れ落ちた。

亮が石を投げてからこの時点まで、二分と経っていない。鮮やか過ぎると言っても差し支えない手並みだ。

気絶した男を見下ろした亮は軽く一息吐くと、外していた眼鏡をかけ直し、男の制服のポケットを探り始める。

胸ポケットから生徒手帳、ズボンのポケットから財布と携帯を抜き出し、物色しようとしたところで背後に気配を感じ、ああ、忘れてた、と内心で呟き、苦笑を漏らす。

そのまま女の子が逃げ帰っていてくれれば、クラスでも存在感のない自分のことだから、見つかることもなく、噂されることもなく終わっていたかもしれない。が、さすがにそれは都合がよすぎたようだ。

助けてくれた人を残して、一人だけ逃げ去るのには誰しも抵抗があるだろうから、これも仕方がないことだと振り返る。しかしそこで、想定外の事態に絶句して固まった。

目の前には、亮ですら学校で何度か目にしたことがある、特別目立つ特Aグループの超美少女、学校で一番有名なアイドルが立っていたからだ。

その少女は小ぶりながら、思わず振り向かずにはいられないほどの整った容貌だった。うっすら茶色がかり、肩下までウェーブして流れる髪。細くも太くもない手足は、スラリと長く伸びている。

声をかける前に亮が振り返ったせいで、美少女は少し驚いた表情をしたが、すぐにそれを引っ込め、ぺこりと頭を下げた。

「助けてくれて、ありがとう」

彼女の言葉で我に返った亮は、この事態をいかに上手く乗り切るかで思考を高速回転させながら、学校で女子にいつも使う丁寧な口調で返事をする。

「い、いえ。どういたしまして……怪我はないですか？」

「あ、大丈夫です。どこも擦りむかなかったみたいです」

女の子が両手を振りながら答えて、自然と亮は視線を下げた。

なるほど、確かに土も血もついているようには見えない。細くてスラリと長く綺麗過ぎる足だ、とつい見惚《みと》れそうになったが、頭を振って雑念を追い払い、女の子と向かい合う。

「よかったですね。では、この連中が目を覚ます前に帰ったほうがいいですよ？」

この子とは早く離れるのがベターだと考えてそう言うと、彼女は少し戸惑って問い返した。

「いえ、でも、そんな……あの、同じ学年の人ですよね？　二年生ですよね？」

彼女は、言外に「早く帰れ」と意味を込めた亮の言葉に気づいたのか、気づいていないのか。亮には、敢えて気づかなかった振りをしているように見えた。

そして彼女が戸惑ったのは恐らく、自分との会話をこれほど早く切り上げようとする男が珍しかったからだろう。これほどの美少女だと、言い寄る連中は多いはずだ。

しかし、今の亮のような平凡に見える男の場合、これほどの美少女相手だと、気後れしてあまり話しかけられないことが多い。亮自身、そう見当をつけて自然に別れようとしたのだが、彼女は亮の婉曲表現を聞き流して、同じ学年であることを確認してきた。

質問というよりも確認だったのは、胸ポケットの刺繍のラインを見たからだろう。

亮の学校では胸ポケットのラインの色によって、赤は一年生、青は二年生、緑は三年生と区別していた。この場の二人の胸ポケットのラインは共に青である。問われたら、頷くしかない。

「ええ、そうですけど」

「あの、お礼をしたいんですけど……名前教えてもらっていいですか？」

彼女は上目遣いで詰め寄る。破壊力抜群の顔だなと思いつつ、亮はやんわりと断った。

「いや、いいです。お礼ならさっき聞きましたよ？」

亮は間違ったことは言っていない。「ありがとう」の一言を最初に聞いたのは確かだ。しかし、彼女の言うお礼が言葉以上のことを指しているのは、亮にも分かりきっている。

「いえ、そうじゃなくて……もっと別の形でお礼をしたいんです。あ、ごめんなさい、私の名前は藤本恵梨花《ふじもとえりか》です。二組です、二年二組」

亮は舌打ちしそうになるのをなんとか堪《こら》えた。今の学校生活を守るのに一番大事なことは、Aグループの人達に名前も顔も認識されないことだ。

そこで亮は、「人に名を尋ねる前に自分が名乗るべき」という大義名分を盾に、名前を聞かれてもスルーしていた。だが、女の子は名乗った上にクラスまで告げてきたのだ。

ここまでされたらさすがに名乗り返さなくてはいけない。亮は一瞬、偽名と嘘のクラスを言おうかと考えたが、調べられたらすぐに分かることだ。後で何故嘘を吐いたのかと騒がれるのはかえって面倒なので、諦めのため息を零《こぼ》しつつ答えた。

「……桜木亮、八組です」

「桜木……リョウ？　リョウはこの漢字で合ってますか？」

彼女――藤本恵梨花はそう言いながら、指で「亮」の文字を空中に書いた。

「合ってるよ……よく分かったな、一発で。それで、あ〜、お礼なんて本当にいいから。暗くなるし早く帰ったほうがいいんじゃないか？」

名を知られて焦ったため、口調から丁寧さが抜け、段々と素の状態に戻ってきてしまう。これを恵梨花は親密な表現と解釈したのか、水を得たように強く言った。

「いえ、ダメです！　もっと別のお礼をします……あの、よかったら、連絡先を教えてもらってもいいですか？」

　お礼をするのにそんなに拘《こだわ》らなくてもいいのではと思うと同時に、こんな可愛い子と携帯番号を交換したことが他人に知られたら厄介になること間違いなし、と考えた亮は咄嗟に言った。

「あー、いや、じゃあ、お礼として、俺がこの連中にしたことを誰にも話さないって約束してくれないか？」

　我ながらこれはいいアイデアだと亮は思えた。自分は噂にならない、彼女はお礼ができる。まさに一石二鳥である。だが、そんな亮の意図など知る由もない恵梨花は、不思議そうな顔になる。

「えっ？　どうして、そんな……？」

「ああ、そのほうが色々都合がよくて……」

「都合……？　でも、そんなんでいいんですか？」

「俺としてはそれでいい。約束してくれるか？」

「え……うん、いいけど……」

　亮に釣られたのか、頷く恵梨花の口調も砕けてきている。

　それを聞いて安心した亮は、恵梨花が来る前に始めていた後始末の作業を再開する。手にもっている男のポケットから抜き出した携帯に触れ、その電話番号、アドレスのデータを自分の携帯に転送し、生徒手帳の顔写真と名前の載っているページを写真で撮る。

　更に財布を探って免許証の有無を確認し、それも携帯で撮ると、倒れている男の上にそれらを無造作に投げ捨てた。

妙に手慣れた一連の動きを見た恵梨花が、怪訝そうに眉を寄せる。

「え……と、何してるの、桜木君？」

「後顧の憂いを断つことと、再犯防止」

「そ、そうなの……？」

疑問符を顔中に貼り付けたような恵梨花に、亮は首を傾げた後《のち》、見当違いなことを口にした。

「……ああ、まだ腹立ってるなら、今の内に好きなだけ殴るなり蹴るなり、踏みつけるなりしてもかまわないぞ？」

「い、いいよ！　そんなの!!」

恵梨花が慌てて両手と一緒に顔を振ると、亮はまたも首を傾げる。

「遠慮しなくていいぞ？」

「……え？　桜木君が、それ言うの？」

「なんか、間違えたか？」

「えっと……う、ううん。本当にいいから……」

「そうか」

頷いた亮は、付け足すようにもう一度、言った。

「本当に遠慮しなくていいからな？」

「……う、うん」

そう答えて頬を引きつらせる恵梨花の前で、亮は残りの男二人の服も漁っていく。

その間、恵梨花は何やら考え事をしていたようで、亮が一通りの作業を終えて振り返ると、難しい顔で首を捻《ひね》っていた。

「もう、帰ったらどうだ？　ここから先は見てても気分がいいもんじゃないぞ？」

自分の噂が恵梨花から広まることはないだろうと思い至った亮は、完全に口調を普段に戻した。

そうしないと、話す内容まで丁寧になって、場のコントロールが難しいと思ったからだ。

恵梨花は、しばらく帰ろうかどうか悩む様子を見せたが、亮への興味が湧いたのか、怖いもの見たさなのか首を横に振る。

「はあ……俺がこいつらにしたことは黙っててくれよな？」

「分かってる、約束したし」

真面目な顔で頷く恵梨花に亮は肩を竦めると、倒れている男を足で突いて揺り起こした。

「おい、起きろ」

のびていた男は、まだ痛むのか、顔をしかめながらゆっくりと目を開ける。

「あいつら、起こせ」

男は亮の視線を追って、自分の仲間が気絶しているのを見ると、上ずった声で「宮本、吉田」と声を出す。次にポケットに入っていたはずの携帯、財布、生徒手帳が周りに散らばっているのに気づいて、勢いよく顔を上げた。

「てめえ、何しやがった⁉」

男が怒鳴ると、亮は心底鬱陶《うっとう》しそうな顔になった。

「怒鳴らなくても聞こえてるって。いいからあいつら起こせよ」

「何だと⁉　何なんだ、てめえ⁉」

なかなか言う通りに動こうとしない男に、亮は小さく舌打ちすると、かけ直したばかりの眼鏡を再び外し、細めた眼で睨《にら》んだ。

「お前、誰に向かってそんな口きいてんだ？」

鋭い視線を受け、途端にビクッとした男は、逆らってはいけないと本能で察したのか、まだのびている友人達を起こそうと駆け寄る。

もはやそこまで警戒する必要はないのだが、万が一ということもある。

恵梨花を振り返った亮は手招きして、自分の後ろにいるように示した。

すると恵梨花は、亮が眼鏡を外したことに今気づいたようで、少し驚いた顔になりながら、亮の後ろに回る。その間に、残る二人の男が目を覚ました。揃って困惑しているのがありありと見えた。

「よし、お前らそこ座れ」

三人に命令すると、男達は文句を言おうとしたが、再び亮が睨むとすぐにその場であぐらをかいて座った。が、それを見た亮は、今度は呆れて告げた。

「馬鹿か、お前らは？　普通、座れって言われたら正座だろ」

男三人は戸惑いながら顔を見合わせたものの、亮の顔を見ておとなしく従う。

その様子を恵梨花はただただ、ポカンと見ている。

三人が正座したのを確認した亮は、自分の携帯を取り出して彼らに見えるようにかざした。

「いいかお前ら。今日、お前らがこの子に乱暴しているところを、俺はこの携帯で撮った。動画でな」

携帯を持つ手でそのまま、恵梨花を指し示す。

「はあ⁉」

「ええ⁉」

四人の合唱だった。男三人はもちろん、恵梨花も。亮はおもむろに頷いた。

「それとお前らの携帯の番号、アドレス、住所、顔写真、学校、クラスまで全て押さえてる」

「な、なんだと⁉」

先ほど目覚めたばかりの男達は、ここで初めて、自分の携帯や財布が転がっているのに気づいた。

「だ、だから何だってんだ！」

気丈に言い返す男に、亮は口端をわずかに吊り上げた。

「この動画をお前らの通う学校や家に送ったら、どうなるだろうな？」

男達は揃って口をあんぐりと開け、背後にいる恵梨花は控えめに口元を引きつらせた。

思わずといった様子で男が叫ぶ。

「ふ、ふざけんなよ、てめえ！」

仲間の力強い声に勢いを得た別の男も一緒に叫んだ。

「そうだ！　それに、そんなことぐらいで何言ってんだ、大袈裟にしてんじゃねえよ！」

その途端、亮はピクッと反応し、真ん中にいる男の顔面に、無造作に右足を飛ばした。

ゴンッと嫌な音とともに、男が後ろに仰け反る。左右にいた二人は亮の蹴り足が見えなかったようで、突然の出来事に驚愕した。

恵梨花も驚いたように息を呑んだ。

そして亮が口を開くと同時に、その場に寒気を誘うような空気が流れ始める。

「そんなことぐらい、だと……？　お前ら三人で女の子に迫って、突き飛ばしておいて、そんなことぐらい、だって？」

その低い声を聞いた男達は、亮の雰囲気が豹変したことを感じたのだろう。体を震わせて固まった。

亮が怒りのこもった眼で男達を睨みつけながら、足を一歩前に出す。すると後ろにいた恵梨花が、焦った声と共に亮の右腕を掴んだ。

「私は大丈夫だから。もういいよ、ね？」

反射的に振り返ろうとした亮だが、一瞬硬直してしまう。そして、少し狼狽した様子でぎこちなく顔を向けると、恵梨花がもう一度、「ね？」と小さく首を傾げた。

かなりの至近距離で目が合ったその時、恵梨花は安心したように表情を柔らげたが、対照的に亮は狼狽の色を更に濃くした。しかし、すぐに気を取り直すように頭《かぶり》を振ると、再び三人を睨みつける。

「とにかく、この子にはもう近づくなよ。と言うよりもこの近辺を二度とうろつくな。ああ、この子と俺の視界にも入らないよう気をつけろよ。今言ったことを守らなかったら、お前らの動画をインターネットにプロフィール、携帯情報込みで流すからな。てか、死ね」

男達はぞっとした顔になり、何度もすみませんと言って慌てて逃げていった。

その際に「彼女さんには二度と近寄りません」などと勘違いしたセリフまで聞こえた。亮は否定しようとしたが、その時、恵梨花の腕の力が強まり、再び硬直してしまう。

彼らが去ると、何とも言えない静寂が訪れ、亮はコホンと咳払いをした。

すると恵梨花が不思議そうに小首を傾げて見上げてくる。至近距離のその顔に亮は、「うっ」と詰まり、視線を外しながら呟くように言った。

「あ〜、その、腕を外してもらっていいか？」

言われて初めて恵梨花は自分が亮の腕を両腕で抱き抱えるように、と言うよりも自分の胸の間に押しつけていることに気づいたようだ。すぐに、「きゃ」と慌てて離れ、顔を真っ赤にした。

「ご、ごめんなさい……」

恵梨花がおずおずと頭を下げる。

亮は自分の顔が少し熱くなっているのを自覚しながら、目を合わさずに手を振って返す。

「いや、いい……役得だし」

言わなくてもいい本音までポロッと出てしまった。

恵梨花は赤い顔を更に赤くするが、気を取り直すようにコホン、と咳払いをして顔を上げる。

「ねえ、動画なんだけど……」

「うん？　ああ、ちゃんと撮ってたぞ？　消して欲しいなら消してもいいけど……」

「えと、そうじゃなくて」

「ん……？」

言いたいことを察せられずに亮が問い返すと、恵梨花はニッコリと微笑んだ。

「いつから撮ってたの？　見せてもらってもいい？」

亮はすぐに自分の失策に気づいたが、自分にも悪いところがあることを自覚していたので、観念して携帯を渡す。

居心地の悪くなった亮は、動画を静かに眺める恵梨花から顔を背ける。次いで漏れてくる音声が耳に入るのを防ぐ手立てはないかと考えているうちに、動画の再生が終了した。携帯を返してもらう際、零れるような笑みも付いてきた。

「ずいぶん前から撮ってたのね？」

「ん……？　ああ、そうだっけ？」

「助けてもらってこんなこと言うのもなんだけど、どうして、もっと早く助けてくれなかったの？」

今まで見た恐ろしい笑顔ワーストランキングの上位にランクインしそうな恵梨花の笑みに、亮は顔が強張りそうになった。

「それは、めんど……オホン、一人でどうにかするんじゃないかと思ったから、かな」

「そう？　腕を掴まれて、こんなに抵抗している私って、あなたの目にどう映ったのかしら？」

「ああ……頑張れって、応援してたぞ」

偽りのない、亮の本心である。

「そう……」

呟きながら恵梨花は亮の真正面に立ち、にこっと微笑むと、腕を大きく振りかぶる。

「もっと早く助けなさいよ！」

怒りの形相で亮の頬を張り飛ばした。

避けることも出来たが、そうすると後が怖そうだと考えた亮は、甘んじてそのビンタを受けた。もっともだと思うところもある。それでも、わざと食らっても痛いものは痛く、軽く後によろけつつ、目の前がチカチカするのが治まるのを待ち、はあ、とため息を吐く。

「悪かった……早く助けられたのに、助けなくて」

亮が謝罪すると、「助けてもらったのにこんなことしてごめん」と恵梨花も謝った。そして、「助けてくれてありがとう」ともう一度、頭を下げた。

「約束だけど……頼んだぞ？」

「約束……？　ああ、うん、分かった。『あなたがあの連中にしたことを、誰にも話さない』よね？

けど、いいの本当に？　こんなので」

「それがいいんだよ……さてと」

返事をしながら亮が眼鏡をかけると、恵梨花は不思議そうな顔をした。

「どうしてコンタクトにしないの？」

「このほうが存在感を……いや、眼鏡が好きなだけだ」

どうやら少し素でいる時間が長過ぎたせいか、眼鏡をかけてもうまく気持ちが切り替わらない。

思わず本音が出そうになった亮は、早くこの目の前の美少女から離れなくては、と考えた。

「そうなの？　眼鏡外した方がいいと思うのに……」

少し赤くなりながら恵梨花が言ったが、かぼそい声になって亮には聞き取れなかった。

「え、なんて？」

慌てて恵梨花は首を振る。

「ううん、なんでもない……帰ろうか？　駅に向かってたんだよね？」

冗談じゃない！　亮は内心で大きく叫んだ。こんな子と一緒に並んで歩けばたちまち噂が広まってしまう。大した労力を使ってないとはいえ、今までの苦労が水の泡だ。

「いや……えっと、学校に用事思い出したから、ちょっと戻るよ」

「そうなの？　じゃあ、一緒に……」

恵梨花が言い終わる前に、亮は遮《さえぎ》った。

「いや、いい！　ありがとう、じゃあな！」

一息に告げると、慌てて来た道を学校へ走って行く。「約束守ってくれよ～」とドップラー効果を残しながら。

呆気にとられて見送ってしまった恵梨花は、一言静かに呟いた。

「普通、襲われた女の子を助けたら、送って帰るのがマナーじゃないの？」


しばらく走った亮は、適当なところで立ち止まり、安堵のため息を零した。

非常に想定外な出来事だったが、上手い具合に口止めもできたので、なかなか巧みに対処できたと、亮は自画自賛する。

少し助けるのが遅かったかもしれないが、女の子に怪我はなく、携帯を聞かれても聞き流せた。約束を守ってもらうことでお礼はチャラになったので、明日自分が噂されることも、今後話をすることもないだろうと安心していた。

あれだけの美少女と仲良くなる機会を失うのは残念だが、もともと学校内で彼女を作る気などない。どんな噂の的になるか分からないからだ。彼女は好みの点で言えば、どストライクもいいところだが、同じ学校の女の子という点で、恋愛対象としては圏外である。だから亮は彼女の名前も知らなかったし、聞いたばかりの今も脳内から消去し、スッキリした頭で帰路についた。

しかし、亮は後になって約束の内容が違っていれば、と激しく後悔することになる。

亮が今のポジションを維持するためには、『亮が男達にしたことを誰にも話さない』ではなく『恵梨花はもう亮に話しかけない』と約束することこそが重要だったからである。

もっと言うならば、恵梨花が自分に興味をもつことを考慮に入れなかったのが、亮の最大の誤算であった。

◇◆◇◆◇◆◇

駅までの帰り道、恵梨花は困惑していた。

今日の三人ほど強引でなくとも、男に言い寄られたことは山ほどあるが、自分からの誘いをああまで流され、更には逃げ去られたことなど記憶になかったからだ——と言っても、誑《たぶら》かしたり、言い寄るためではない。

恵梨花は自分の容姿が客観的に見て、人より優れていることを自覚している。

その証拠ではないが、ろくに話したこともない男子から告白されたことは数知れない。校内では、自分に自信のある多くの男子達が、恵梨花を口説こうと躍起になっているのも知っている。

そんな男達がよく近寄ってくるせいもあって、平凡な男は恵梨花に対して気後れしてしまい、近づけないし、上手く話すことも出来ない。

先ほどの彼も、見た目は平凡どころか地味と言っても差し支えないタイプの男だったのに、その中身は見た目とは程遠く、終始、会話のペースを握られていた。

強烈な印象のせいで、今は亮のことが頭から離れないが、恵梨花が高校に入学してから今までの記憶をどうほじくり返しても、その彼は出てこない。あの地味な見た目なら記憶に残らなくても仕方ないかもしれないが、どこか腑に落ちず、首を捻ってしまう。

亮に対して、得体の知れない恐怖を感じたりもした。が、それは彼のほんの一面だろうと思っている。彼はしばらく様子を窺ってはいたようだけれど、結果としてきちんと自分のことを救ってくれた。危なくなった時に自分から注意を逸らし、助けてくれた。

それに、男達に亮が何度も言い含めたことは「恵梨花に近寄るな」である。それまでの行動が色々と常識離れしているように見えたが、結局は全て恵梨花のためである。

更に眼鏡を外した素顔を見た時は驚いた。眼鏡越しでは気づけなかった、彼の瞳に宿る力強い光を見て、何故かとても心が温かくなった。

だから、亮が怒りとともに噴き出した周囲を冷たくするような空気が、彼には合ってないように感じられ、思わず腕を掴んで止めてしまった。

不思議な人なのか、変な人なのか、怖い人なのかも分からず、頭から離れない亮について、恵梨花は誰かに電話で相談したかった。しかしふと亮との約束を思い出す。

『俺がこの連中にしたことを誰にも話さないって約束してくれないか？』

何故そんなことを頼んできたのか真意は分からないが、やったことのえげつなさを考えたら、無理もないかもしれない。それならば、誰に、どんなふうに、彼との約束を守りつつ、相談したものかと悩んだ末、うってつけの親友が頭に浮かんだ。

途端に気が楽になり、恵梨花は知らずしらずのうちに鼻唄を歌い、上機嫌に足を弾ませていた。

◇◆◇◆◇◆◇

その日の晩、恵梨花は高校に入ってから一番の親友、鈴木《すずき》梓《あずさ》に電話をかけた。

『もしもし、恵梨花？』

「うん、今、大丈夫？」

『大丈夫、どうかした？』

「うん、ちょっと相談があって……」

『へえー？　電話でなんて、珍しいわね』

「そうかな？」

『ええ。相談ならいつも会って話すタイプじゃない……急ぎの相談？』

「ううん、急いでる訳じゃないんだけど……」

『ふうん？　で、どうしたの？　ついに好きな男でもできた？』

からかっているような声色を聞いて、愉快そうに口端を釣り上げている梓の顔が自然と頭に浮かび、続けてすぐ後に亮の顔が浮かんできた。焦りを感じて、慌ててその考えを振り払う。『好きな男』の言葉に反応した訳ではない、相談の対象がたまたま彼だったから浮かんできただけだ。

「ち、違うって！」

『……へー』

返ってきた声にからかいの色はなく、関心の響きがあるだけだ。

「ちょっと、本当だってば」

『はいはい、分かったから。で、どんな人？』

まるで信じてないふうの親友に、恵梨花は諭《さと》すように言った。

「いい？　好きだとかじゃなくて、どんな人なのか分からないから、相談したいだけ！」

『……うーん、否定してるのか、肯定しているのか、分からない台詞ねぇ……』

「もう！　話を聞いてくれるの!?　聞いてくれないの!?」

苛立ち混じりに声を荒げる恵梨花に対し、返って来たのは軽やかな笑い声。

『聞くから、落ち着きなさい』

その言葉に理不尽さを感じながらも恵梨花は頭を冷やして、今日帰り道で起こったことを話す。しかし、亮との約束を破らない範囲で。つまりは三人の男から助けられたことのみをだ。

聞き終えた梓は当然と言っていい質問をする。

『彼はどのようにして、恵梨花を助けた？』

「ごめん、言えない」

『言えない？　どうして』

「言わないって約束したのよ」

『言えない、ね……言わないように口止め……』

梓の口調から、感情が抜け落ちてきた。思考の海に漂う時の彼女の癖である。

「彼がしたことを誰にも話さないことが、助けられたことへのお礼でいいって言われて」

『それなのに、あたしに相談した？　約束を破ることにならない？』

恵梨花が一度交わした約束を、そうそう破らないことを知っている梓は、驚きの声で尋ねた。

「ならない……わよ。あくまで彼が私に約束したのは、彼があの三人にしたことであって、私にしたことじゃないし……」

歯切れの悪い返答に、梓は呆気にとられたように沈黙を返した。

それも無理はない。話の流れから、その彼は自分のしたことを話して欲しくないのだと誰でも分かる。恵梨花もそれは分かっている。

そして話さない約束をしたにもかかわらず、その穴を突くようにして現在、電話で相談中なのだ。

恵梨花のことをよく知る梓からしたら、信じられない思いになるのも当然だ。

恵梨花がばつの悪い思いで待っていると、くっくっくと、喉を鳴らす低い笑い声が聞こえてくる。

「……梓、ちょっと怖いわよ」

『ああ、ごめん。恵梨花がここまで誰かを気にするなんて初めてだからね。しかも男で』

「ちょっと、変なふうにとらないでよ」

『分かった、分かった。ふふ……』

思わず、はあ、とため息を吐く恵梨花。

『それで、助けてもらった後は？　一緒に帰って話したんでしょ？』

「それが、その……」

またも歯切れの悪い恵梨花を、梓が黙って待つ。

「逃げられたの」

『は？』

梓は意味がよく分からなかったようで、彼女にしては珍しい素っ頓狂な声を上げた。

恵梨花はそんな親友の反応に、苛立ちと恥ずかしさを覚え、声を大きくしてしまう。

「だから、逃げられたの！　一緒に帰ろうって声かけたら学校に用事があるって、走って逃げて行ったのよ！」

『恵梨花が一緒に帰ろうと声をかけたのに、逃げられた？』

「そう」

『恵梨花が誘ったのに？』

「そう」

『……本当に学校に用事があったんじゃないの？』

さも疑わしげな声で尋ねる梓。「それ、本当に男？」と言っているようにすら聞こえる。

「そんなふうに全然見えなかった。それに私も学校に一緒に行こうかって言ったら、慌てて拒否して走って行って……」

その時のことを思い出したせいか、恵梨花自身も意外なほどにショックを覚え、声がどんどんと小さくなっていった。だが反対に、梓は男に逃げられた恵梨花を想像したのだろう、電話の向こうで大きな笑い声を上げる。

「ちょっと、なんで笑ってるのよ！」

『ゴメンゴメン……あの恵梨花が、あの学校のアイドルが男に誘いを断られた揚句、走って逃げられるなんて……アハハハ!!』

恵梨花は何も、自分が誘えば確実に男が応えてくれると思っているわけではない。そんな女王様気取りのプライドなんてかけらも持ち合わせていないが、さすがに笑いながら言われれば恥ずかしくなる。

顔を真っ赤にした恵梨花は、勢いのままに叫んだ。

「もういい、切る！　じゃあね！」

『待って、待って、謝るから……アハハハハ』

息を切らし、笑いながら謝る親友に、今すぐ電話を切ろうかとも考えたが、まだ今日のことを話したただけで、何の相談もしていない。これでは笑われ損だと、湧き上がる怒りをなんとか抑える。

そしてふと、梓がこんなに声を大きくして笑うのはいつ以来だろうか、とも思った。

「落ち着いてくれたかしら？」

低い声色から恵梨花の怒りの度合いを感じ取ったのだろう、梓はコホンと咳払いをする。

『んん……落ち着いた。それで、その彼の名前は？』

「やっと、本題に入れるのね」

恵梨花は、皮肉気味に返した。

『そう怒らないでって。分かってる、あたしのデータベースの情報を聞きたいんでしょ？』

「うん。えっと……名前は桜木亮」

『サクラギリョウ……？　桜木亮……ああ、あの彼か』

梓が記憶に留めているとは思っていなかった恵梨花は、当然ながら驚いた。

「知ってるの!?」

『ええ、思い出すのに時間がかかったけど……なるほど、あの彼ね』

意外な反応に戸惑いを覚える。

「どういう意味？　彼のこと何か知ってるの？　知り合いなの？」

『何か知ってるかと聞かれたら何も知らないし、もちろん知り合いでもない。ちょっと待って……

今、情報引っ張るから』

梓がそう言うと、カタカタとキーボードを叩いている音が響いてくる。

『ああ、あった。やっぱり、この彼ね』

「ねえ、『あの』とか『やっぱり』ってどういう意味なの？　何か知っているんじゃないの？」

『いいえ、知らないわ』

「じゃあ、どういう意味？」

『んー、あたしが人間観察を趣味にして、成績や、身体検査、体力測定などの記録も全て手に入れて、あたしの観察結果と一緒にデータにしてるのは知ってるよね？』

「ええ……改めて聞くと、とんでもないわね」

そう、梓は普段から人間観察を趣味にしていて、自分の家の財力をふんだんに利用して集めた情報が彼女の手元にある。しかし、ある程度のプライバシーは考慮し、踏み込んだ情報、おもに過去の情報は手に入れないようにしている。彼女の捕捉対象にならない限りは、だが。

しかし、学校内の情報ならその限りではない。誰かが知っていて、噂にのぼっているようなものなら人脈をフルに使って、ほぼ全ての情報を網羅している。

それを知っているから、恵梨花は梓に相談したのだ。

「それで？　何かあるの？　彼には」

恵梨花は逸《はや》る気持ちを抑えながら梓に尋ねる。

『違和感かな』

「違和感？」

　恵梨花は、自分の頭上に疑問符が浮かぶのを感じた。

『そう、違和感』

「どんな？」

『ええと……あ、ちょっと待って。去年の秋ぐらいのことかな、覚えてる？　あたしが観察している人の中で違和感を感じる人がって話をして……その時に丸と三角で例え話をしたの』

「あ！　……え？　まさかあの、狼と羊の!?」

『そう、その人が桜木亮。その時に話したよね。観察するきっかけが、体力測定の結果が妙だったからって』

「えーっと……うん、確かにそう言ってた」

　その時は、どうやって体力測定の結果なんて手に入れたんだろうと思いながら聞いたものだ。

『それからも、まあ、観察は続けてる訳だけど……そう、あの彼なのね』

　静かに呟く梓に、恵梨花は自分の心臓が早く脈打っているのを感じた。

『去年の体力測定の結果なんだけどね、体力測定って二日間に分けてやるよね？』

　恵梨花は思い出しながら、たしかにそうだと返す。

『あれの成績って、ＣマイナスからＡプラスの９段階で表してたでしょう？』

「うん。私の今年の成績は平均Ａマイナス。で、梓はＡだったよね？」

『そう。それで、彼の去年の成績なんだけど、一日目の平均がC、二日目がA、二日間合わせて平均B』

また極端な成績だなと思うも、それだけでは何を意味しているのか分からない。

「……それで？」

『ええ、そして今年の彼の成績は、一日目はA、二日目がCで、二日間合わせてやっぱり平均B』

「……え～と？」

何か順番がおかしい。そんな恵梨花の困惑を感じ取れたのだろう。梓が少し愉快そうに補足する。

『ちなみに測定種目の順番は、去年も今年も一緒』

「つまり、彼は全ての種目で、と言うよりも、一日目も二日目もAをとれたってこと？」

『それもあるけど、気になるのは一日目の成績も二日目の成績も、必ずクラスでまったく同じような成績をとっている人がいる。去年の一日目はその時クラスで一緒だった、河野君。今はあたし達のクラスと一緒』

「ああ、河野君……ええ!?　彼と河野君の体力測定の結果が同じ!?」

同じクラスの河野を思い出した恵梨花は驚きで目を丸くする。

河野はとてもおとなしく、運動神経はかなり悪かった。今日あの立ち回りを見せた彼とあの河野が、一日目だけとはいえ、同じ結果だったことなどとても信じられない。

『そう、去年の一日目だけね。ふふ、そんなんで驚いてちゃダメよ。で、去年の二日目の成績は今四組にいる佐藤君。ほらサッカー部のエース、ジュニア代表にもなってる』

「あの、佐藤君と!?」

佐藤と言えば、容貌は割と平凡なのだが、運動部のエースということもあって、いつも自信に満ちた笑みを浮かべている姿が思い出される。

『そう言えば、恵梨花に何度か言い寄ってたことあったわね』

そんな梓の言葉を聞きながら、恵梨花の困惑はさらに深まった。

「なんか……随分、おかしくない？　あの二人とまったく同じ成績なんて」

『そうでしょ？　これがおかしくないと言う方がおかしいわ』

「もしかして、今年も？」

『ええ……今年の一日目の成績は彼の今のクラスのバスケ部のエースの小野君、二日目もやっぱり同じクラスの山田君』

小野にも言い寄られた、と言うよりも告白され、丁重にお断りしたことがある。彼はエースなだけあって、運動神経がいいのは周知の事実だ。

ここで恵梨花は知っている人の方よりも、知らない人の方が気になった。

「山田君って子は？　どんな人？」

『そうね、悪く言ってしまえば、いるのかいないのか分からないような人よ。運動神経はいいとは言えない』

「その山田君と同じ成績？　去年佐藤君と並んだ彼が？」

『そう、変でしょ？』

「どう考えてもおかしいじゃない……先生達は変に思ったりしないの？」

『先生達だって記録を全部見たら、おかしいと感じるはずよ。けど、彼自体、存在感が薄いからね。変に思う前に誰だっけ、ってなるんじゃない？　それで、彼を見たら偶々《たまたま》だったんだと思うようになると思うわ。いちいち、去年の成績と照らし合わせたりする先生なんて稀でしょうけど』

　梓の言い分はもっともだ。現に梓ですら最初は少しだけ違和感を覚えた程度なのだし、存在感の薄い生徒を教師がそこまで見ているとも思えない。

『それで、この二年間の成績を見比べたのと、恵梨花の話を聞いたのとで、あたしが最初に抱いた違和感の正体がなんとなく分かったかも』

　やっと梓の観察結果を聞けると思うと、恵梨花は思わず居住まいを正した。

「本当⁉　何なの？」

『まあまあ、推測の域を出てないんだから』

「いいから、教えてよ」

　焦れったそうな声を出す恵梨花に、梓は宥《なだ》めるように言った。

『はっきりしたら、教えるから。それより気になるなら彼と話したらいいんじゃない？　あたしに電話するより、彼に電話したらいいのに』

こう言ったらもう取りつく島もない梓に苛立つが、電話と聞いて恵梨花は思い出した。

「そういえば、電話番号聞いてない……」

『珍しい、聞かれなかったの？　ああ、一緒に帰るのを避けて逃げるぐらいだもんね』

「違う。最初、私から聞いたけど、流されて……途中から帰り道に聞けばいいと思ってたけど」

『逃げ去られたってわけ？』

「ちょっと！　何!?」

くっくっくと低く笑う梓に、恵梨花はムッとなる。

『面白いわね……』

「どうせ、私は避けられましたよ！」

『違う、彼よ。桜木亮が』

「面白い？　彼が？　確かに変なところも感じたけど」

『ええ、とても興味深いじゃない。ここまで面白い観察対象がまだ同じ学年にいたなんて』

再び愉快そうな低い笑い声を上げる梓に恵梨花は若干引きながら、言葉の内容に焦りを覚えた。

「ちょ、ちょっと、興味深いってどういう意味!?」

『え？　ああ、男としてじゃなく、あくまで観察対象としてよ』

梓のあっさりした返答に、恵梨花は思わず安堵する。

「そ、そう？」

『心配しなくても、恵梨花から盗るような真似はしないから』

「盗るってどういう意味⁉」

『そのままの意味だけど……はいはい、なんでもないです』

「もう……そういうのじゃないんだからね⁉」

『分かったから……で、明日は彼に会いに行くんでしょ？　学校で』

梓がそう聞くと、途端に狼狽する恵梨花。

「な、な、なんで⁉」

『なんでって、あたしも会ってみたいし、もう一度お礼しに行ったらいいんじゃない？　お礼し足りないと思ってるんでしょ？』

「たしかにそうは思ってるけど……結局私がすべきなのは黙っているだけだし」

『だから、もう一度会いに行くだけでも、いいんじゃない？　あたしも親友を助けてもらったお礼したいし。その時ついでに電話番号も聞いたらいいんじゃない？』

「え……っと、じゃあ、そうしよっかな。教えてくれるかな？」

心配そうな恵梨花の問いに、梓はクスリとして返す。

『大丈夫だと思うよ』

電話を終えた梓は、頬が緩むのを止められなかった。普段から可愛い親友が、今日はいつにも増して可愛かったからだ。途中で電話を切り、テレビ電話でかけ直して顔を見たかったくらいだ。

これが、恋心が女の子に与える変化なのかと考えるも、まだハッキリとは断定できない。その辺に関しては、これから彼と接触していくことで分かるだろう。

そう、接触だ。さっき、恵梨花には大丈夫だと言ったが、梓自身はまったくそう思っていない。

梓の推測では、彼は嫌がるはずだ。しかし親友のため、親友を困惑させた償いを彼にさせるため、自分の楽しみのために、親友を誘導することにした。でも、親友の危ないところを助けてくれたのは間違いない事実みたいだから、そのお返しとして、結果的に彼も幸福になるように手を打っていこうと、梓は心の中で決めた。

彼とはまだ話したこともないが、彼の一連の不可解な行動は、「目立ちたくない」という気持ちから生まれているのではないかと、梓は推測していた。

◇◆◇◆◇◆◇

亮は重い瞼《まぶた》を擦りながら教室に入った。

ほぼ毎日、労働基準法を無視したようなアルバイト先で深夜まで働くことが多く、慢性的に睡眠不足の亮にとって、朝の登校時間はひたすら眠たいだけである。

あくびを噛み殺し、クラスメイトとおはようの挨拶を交わしながら、窓際で後ろから二番目という最高のポジションである自分の席に向かう。

座ると同時に、前の席にいる一年の時から同じクラスの小路明《しょうじあきら》が振り向いた。

「おはよう、今日も眠そうだな」

「おはよう。も、は余計だ。先生が来るまで起こさないでくれ」

亮は挨拶を返しながら教室の時計に目をやり、机に伏せる。

朝のHR《ホームルーム》までの残り十分間、寝る以外の選択肢などない。

「先生が来たら起こしてくれ、じゃないんだ」

小さく笑いながらも、明は手振りで肯定して前を向いた。

亮が全神経を集中し、十秒と経たずに眠りの世界に突入しかけた瞬間、教室がざわついた。

周囲の空気の変化を感じとった亮は、一瞬顔を上げようかとも考えたが、眠気が勝り、そのまま動かない。

意識の半分が睡眠に支配された時、再びこちらを振り返る明の気配を感じた。

「お、おい、亮」

亮は小さく舌打ちをした。明は学校の中でも一番仲のいい友人だが、起こすなと言っておいたのにいきなり声をかけてくるとは、ふざけているにもほどがある。

亮は返事をせずにそのままやり過ごそうとした。

「お、おいって」

今度は焦ったような声で、明が亮の体を揺らす。

学校の人間相手にしたことはないが、一発殴ってやろうかと、亮が寝ぼけながら物騒なことを考えていると、頭上から別の声が聞こえてきた。

「桜木君」

それはとても透明度が高く澄んでいて、可愛いというよりも綺麗な、という形容詞が相応しい声だった。その声はさして大きくなかったものの、教室中に聞こえたようで、ざわついていた教室が一瞬で、しん、となる。

聞き覚えのあるその声で眠気は吹き飛んだものの、ピクリとも体を揺らさなかった自分を褒《ほ》めた。

突っ伏した体勢のまま、背中に冷や汗が流れるのを感じながら、脳は予想外の事態に対応するため、高速回転を始める。

（なんで、昨日の女がこの教室にいる⁉　昨日のことはもう終わったはずだろ⁉　大体あの馬鹿三人をシメたところで思わずでてしまった殺気に引いてたし、もう接触することはないと思っていたのに……いや、今はそれどころじゃない。寝た振りを維持だ。起きなければ諦めて帰るだろう、いや、帰ってくれ‼）

呼びかけても反応が返ってこなかった恵梨花は、亮の前に座っている明に目を向けて、小首を傾げた。

「寝てるのかな？」

明は少し動揺を見せたが、しっかりと答えた。

「あ、ああ……起こそうか？」

ついさっき頼まれたことを忘れてそんな提案をする友人に、怒りが湧き起こる。亮はそれをどうにか抑えながら微動だにしない。

恵梨花は「そうなの」と返すと、悩むように眉を寄せる。そこで恵梨花と一緒に教室に入ってきた女子が声を出した。

「恵梨花、いいから起こしてみて」

「梓……いいのかな？」

梓は微笑を浮かべて頷いた。

（よくない、よくない。なんだこの女は？　援軍なんてやめてくれ……）

亮は展開が不味い方向に進んでいるのを感じた。

「ねえ、桜木君……桜木君？　だめだ、起きないよ？」

（そうだ、桜木君は起きないんだ。だから、早く帰るんだ）

「もっと強く起こさないと」

梓は手を揺らしながら言った。

揺り起こせ、という意味なのは明白だ。恵梨花は一瞬思案したが、頷いて亮の肩に手を置いた。

「ねえ、桜木君……」

（やめてくれー!!）

心の内で、亮の絶叫が虚しく響く。

教室内がさらにざわつく。女子は目を丸くして驚き、男子は「何であんなやつが」と囁《ささや》き合い、困惑と羨望と嫉妬と殺意が混じった視線を亮に浴びせている。どうやらクラス中が注目しているらしいと強く感じた。

自身を揺らす手に軽い恐怖を覚えた亮は、現状の維持は不可と判断した。内心で諦めのため息を吐くと、さも今起きたような顔を、のろのろと上げる。

「ああ、起きた……ごめんね、桜木君？」

亮は現状がまったく分からない、といった顔に、噂の学校のアイドルが何故自分の前に、といった表情をブレンドしながら言った。

「いえ……何か用ですか？」

恵梨花は、昨日とはまるで違う亮の態度から、無理矢理起こして怒らせてしまったかと思ったようで、しゅんとなって俯き、もう一度謝った。

「あの……ごめんなさい、起こしてしまって。怒ってる？」

弱々しそうに、上目遣いで言った。大事なことだからもう一度繰り返そう。弱弱しそうに、上目遣いで言った。

その効果は抜群らしく、隣の明は真っ赤になっている。

明の隣にいる女子生徒数人も、惚《ほ》れぼれとしたように顔を赤くしている。

明とは逆隣で様子を見ていた男子生徒のグループは、魂を奪われたような呆《ほう》けた顔だ。古い言い方をすれば、彼らの心は盗まれたに違いない。

恵梨花の後方にいた男子からは、亮に向けて、怒りと憎しみの声が上がった。それほど大きい声ではなかったが、亮は聴き取れた。てめえ、ふざけんなと。

（男からも女からもって……）

亮は引きつりそうな口元と、自分も真っ赤になりそうな顔を、なんとか抑え込んだ。

「いえ、怒ってないです……それで用件は？」

丁寧な口調なのは、クラスメイトの前では初対面か、もしくは親密ではないように思わせたかったためだ。これは地味学生を目指す亮の、女子への話し方のデフォルトでもある。

そんなことを知る由もない恵梨花は戸惑うような表情を見せたが、意を決したように、深く頭を下げた。

「昨日は本当にありがとう。昨日のとは別に、改めてお礼をさせてもらいたいんですけど、いいですか？」

再び教室内がざわつく。

その厚意をありがた迷惑と感じる自分は傲慢なのだろうかと、思わず考えてしまう亮。

「昨日のことは気にしなくていいんですけど？　それに、お礼なら話がついたと思ってたんですが……」

「ええ。でも、それでは私の気が治まらないんです。何らかの形で受け取って頂けると嬉しいんですが……」

恵梨花の口調が少し硬くなっているのは、亮の口調が移ってしまったからだろう。

亮はこれ以上固辞してもしかたがないと、諦めのため息を吐いた。

「……分かりました。でもその前に、昨日のアレは？」

恵梨花の左右には、亮と同じクラスでない女の子がいる。

亮から向かって左側には、恵梨花に劣らないほど綺麗に整った容貌で、大和撫子を連想させるようなロングの黒髪に眼鏡をかけた子がいた。細身の体から伸びる足は黒のストッキングで覆われ、漆黒の髪とも相まって妖艶な魅力を放っている。

右側には背が低く、これまた整った容貌でボブカットの女の子が、無表情で立っていた。

その二人に目を向けながらの言葉だったので、すぐに「アレ」が何なのか、気づいたのだろう。

恵梨花が慌てて口を開こうとしたところに、梓が先に声を出した。

「恵梨花は約束を守っている、心配しなくてもいいわ」

「いや、でもな……分かった」

そんなことを言っている時点で、約束の違反になってないか？　と考えたが、約束の内容を誰にも話すな、とは言っていないことを思い出した。

「あの……でも、ごめんね？　どうしても話を聞いてもらいたくて……」

恵梨花がこちらを窺うように言うと、亮はもういいから、と手を振る。

普通、女の子が昨日のような目に遭《あ》えば相当なストレスになるだろう。誰かに話して発散したくなるのも無理はないので、恵梨花を責めるつもりはなくなった。

お礼についてはみんなの見ている前で話し合いたくない。そろそろ退散してもらおうと口を開こうとした時、梓がニヤリと笑った。

「恵梨花は頑《かたく》なに君との約束を守っていたわ、私が妬けるぐらいにね」

そんな爆弾発言にも似た言葉で、見事教室を沸騰させた。

亮は、今度は口元が引きつるのを抑えることが出来なかった。

「ちょっ、ちょっと、梓!?」

恵梨花が真っ赤になって、抗議の声を上げる。

「何かな？」

飄々《ひょうひょう》と言う梓に、この女は自分が困るのを分かってやっているのだと、亮は何故だか確信できた。

少し自分に似た匂いを感じたせいもあるだろう。

引きつったままの亮を見て笑みを深くした梓は、恵梨花の抗議を受け流し、腕時計に目を落とした。

「もう時間がないわね。恵梨花、続きはまた今度にしましょう」

亮が教室の時計を確認すると、確かにもうすぐＨＲが始まる時間だった。

「えっ、もう⁉　本当だ、あ、携帯……」

慌てた様子で時計を振り返る恵梨花の言葉に、亮は、まさか、と冷や汗を流す。

「携帯の交換は後にしてもらいましょう。なに、彼なら間違いなく交換してくれるよ」

またもや意味深に微笑む梓に、亮は恐怖を覚えた。

周りの男子からの視線に込められた殺意は、既にピークを迎えつつある。

「ごめんね、桜木君？　後で……昼休みに、また来てもいいかな？」

げっそりとした顔で亮が頷くと、三人の美少女は教室を出て行った。

教室中の視線が一点に集まったところで、ＨＲの開始を告げるチャイムが鳴った。

◇◆◇◆◇◆◇

一時間目が終わった休み時間、亮はクラスの男子に囲まれた。

いや、包囲されたと言ったほうがいいだろう。

「どういうことだ、桜木？」

クラスでAグループの佐々木が、亮に尋問を開始する。

体格のいいこの男が迫ってくると、かなり迫力がある。

前の席からこちらを振り返っている明は、少し興奮した様子だ。

「なんで藤本さんに、鈴木さん、山岡《やまおか》さんまで、亮に会いにきたんだ？」

誰が誰だか分からない亮だが、そのことはおくびにも出さなかった。

「お礼ってなんだ」「昨日何があった」「携帯の交換だと⁉」「なんでお前なんかに！」「昼休み一緒にいていいか？」などと次々にぶつけられる疑問や妬みに、返答如何によっては、自分の平穏な生活がなくなってしまうと思わされた。

「実はな……」

そう切り出すと、亮の声を聞き取ろうと全員が口を閉じ、教室が一瞬、しーん、となる。

亮はもちろん、本当のことを話すつもりはない。話したところで、信じてもらうことは難しい。

そこで考えた言い訳はこうだ。

「こけているところを助けただけだ」

誰かがずっこけたような音が聞こえた。

嘘は吐いていない。なぜなら尻もちをついた恵梨花を助けたのは事実だからだ。

地味な自分には地味な話の方が似合うし、みんなも信じるだろうとの亮の結論だ。

一瞬、きょとんとしたクラスメイト達だが、ああ、と納得している顔がちらほら見える。

だが、それだけではすまない者もいる。

「じゃあ、約束ってなんだ？」

「えっと、だな……彼女を起こす時、俺もこけてしまってな。それが恥ずかしくて黙っててくれって言っただけだ」

これは嘘だ。

「はあ⁉　それだけかよ⁉」

「ああ、その通りだ」

亮は眼鏡をクイッと上げながら、無駄に凛々しく答えた。

嘘とは堂々と言ってこそ、嘘である。

「お前、昼休みはどうするんだ？」

「ジュースでも、おごってもらうよ」

肩を竦めて無難な答えを返す。事実、そうしようかと考えていた。

しかし、それでも「うらやましい……」などの呟きが聞こえるが、そこはスルーだ。

「じゃあ、携帯の交換ってなんだ⁉」

その言葉で男子にまた火が点く。

「あの人は、自分から男に聞いたりすることは滅多にないんだぞ‼」

これには一番頭を悩ませたが、亮は半分くらい事実を言う方が自然だと考えた。

「お礼をしたいって何度迫られても断ってたら、メールか電話でお礼について相談させてくれって言われたんだ。番号を交換しようとしたら彼女の携帯の電池が切れて、今日になっただけだ。だから、お礼のジュースをもらえば、申し出てくることもないだろう」

会話内容や梓の言動をじっくり考慮すると、多少の矛盾点があるが、それほど無理がない話だと亮は思っている。

実際、クラスメイト達は多少訝《いぶか》しげな顔をしているが、納得しつつあった。

亮はこの言葉で締め括った。

「彼女はすごい律義みたいだな。こけたところに手を差し伸べただけで、あんなにお礼を言ってくるなんて」

男子達は、「ああ、あの人ならきっとそうだ」と恍惚《こうこつ》の表情で呟く。

この調子なら、いつも通り影を薄くして過ごせばすぐ忘れてくれるだろうと、亮はほっと胸をなで下ろした。

◇◆◇◆◇◆◇

質問攻めをなんとかクリアした亮は、午前中の休み時間に、恵梨花の教室の前に来ていた。

話によるとあの美少女三人は同じクラスで、そのクラスは男子の羨望の的らしい。そんな恐ろしいクラスには近寄りたくもなかったが、亮は梓とかいう女を警戒して、仕方なくやって来たのだ。

あの女は自分が困ると分かっていて、あんな言動を繰り返しているように見える。下手をしたら、昼休みにいきなりやって来て、亮の机を三人で囲んで弁当を食べようなんて言い出しかねない。

そのため先手を打ち、恵梨花を見かけたら昼休みは屋上にいると伝えることにした。

屋上は本来、鍵がかかっていて、生徒は立入禁止である。しかし、亮はアルバイト先の同僚からヒマ潰しに教えてもらったピッキング技術を使って、自由に出入りしていた。

立入禁止であるから、人目を気にせず話が出来る。

クラスの前まで来た亮は、扉上部の窓ガラスから中を覗き込む。目当ての人間はすぐ見つかった。恐らくどこにいても、すぐに見つかるだろう。彼女の場所だけ、スポットライトが当たっているように明るい気がした。

あれがオーラってやつか？　などと考えていると、恵梨花の横にいた梓と目が合った。

焦りを覚えたが、予想に反して梓は恵梨花に知らせただけだった。

亮に気づいた恵梨花は驚いた顔をすると、すぐに嬉しそうに亮の元へ小走りに寄ってきた。

(やっぱり、相当可愛いよな)

意識しまいとするも、可愛い子を可愛いと思ってしまうのは男の性《さが》だ。

「どうしたの、昼休みに行くつもりだったのに？」

満面の笑みの眩しさにやられそうになるが、亮は小さな声で、どうにか屋上に来るように伝える。

恵梨花は首を傾げながらも、笑顔で頷いた。

不思議そうだったのは、屋上が本来立入禁止だからだろう。

了承を得た亮は、即座に退散した。またもやクラス中――別のクラスだが――の視線と、廊下にいた生徒の視線まで浴びていたからだ。

◇◆◇◆◇◆◇

昼休みに入ると、誰かに声をかけられる前に亮は即座に教室を飛び出し、購買でパンと飲み物を買うと、人目に付かないよう注意して屋上に向かった。

屋上に着き、誰もいないことを確認したら、手すりにもたれて地面に座り、パンをかじり始める。恵梨花達を待たずに食べているのは、一緒に食事をする約束をした訳ではないからだ。

パンを三つ食べた頃に美少女三人がやって来た。

それぞれ鞄を持っているので、お昼はまだのようだ。

亮に気づいた恵梨花は、手を振りながら近寄ってくると鞄からシートを取り出し、広げた。

なぜシートなど持っているのか、突っ込む間もなくその上に誘われたので、靴を脱いでお邪魔する。座ると、恵梨花が不思議そうに尋ねる。

「桜木君も、屋上の鍵持ってるの？」

「いや……ああ、あんたら鍵持ってんのか？」

「私達、じゃなくて、梓がね」

恵梨花がそう言って視線を向けると、黒髪の女が鍵を掲げて見せた。

どうりでシートなど持っているわけだ。

梓が何故教師しか持っていないはずのものを持っているかは、スルーすることにした。

三人は弁当を広げると、それぞれ食べ始める。

「鍵がないなら、君はどうやって入ったって言うの？」

梓がもっともな質問をすると、亮はポケットから金属の棒を取り出して眼前にかざした。

「それって、もしかして、ピッキングツール……？」

目を細めて問う梓に、亮は正解の意を込めて肩を竦めて見せる。

「そんなことまで出来るんだ……」

恵梨花がそう漏らすと、梓は興味深そうな目を向けてきた。

「君は本当に面白い男だな……そう言えば、自己紹介がまだだったわね。私は鈴木梓。好きに呼んでくれていいから」

正直なところ、会いたいとも呼びたいとも思っていない相手であるが、亮も応じた。

「分かった、鈴木さん。桜木亮だ。出来たら、苗字で呼んでくれ」

「梓でも構わないんだけど？」

「ああ、鈴木さん」

「アッちゃんでもいいんだけど？」

「了解だ、鈴木さん」

「君は面白くない男だな……」

さきほど口にしたのとは正反対のことを言いながら、拗《す》ねたように梓が眉根を寄せる。

そんな梓の様子を気にしてか、恵梨花が慌ててもう一人の女の子を紹介する。

「で、この子が……」

「山岡咲《さき》」

ボブカットの女の子は無表情で、名前のみを簡潔に告げた。

「あんまりしゃべらない子なの。普段は私と梓が話しているのを横にいて聞いてるだけが多いけど、話す時は話すわよ」

そんな言葉を聞いた亮は、咲のポジションを羨ましく思った。

「……よろしく、山岡さん」

次に恵梨花が窺うように聞いた。

「それで、私の名前は……昨日言ったよね？」

「ん？　ああ……そうだっけ？」

自己紹介を受けたのは確かだが、覚える気がなかったため、亮の記憶に残らなかった。そこで、そんな事実はなかったと、記憶の改竄を試みた亮だった。

「え？　私言ったと思うんだけど……だから桜木君の名前知っていると思うんだけど……？」

恵梨花の背後に黒いオーラが見えた気がし、本能が警鐘を鳴らし始めたため、亮は即座に謝る。

「いや、悪い……携帯に登録しないと、なかなか、人の名前覚えるの苦手で……」

これは嘘偽りない言葉で、携帯に登録しないと、すぐ忘れてしまうのだ。

そんな言い分に梓は目を丸くして、小さく噴き出した。

「恵梨花に名乗られて忘れる男なんて君ぐらいだと思うわ」

「もう笑わないでよ、梓！　じゃあ、今登録して覚えてよ！」

「はい」と言いながら恵梨花が携帯を差し出してきたので、亮は観念して、お互いに番号やアドレスを交換する。

「え……と、藤本恵梨花。ああ、そうだ、藤本さんだ」

亮は確認しながらも、パンを次々に口に運んでいる。

「じゃあ、次は私ね」

梓もそう言いながらさっと携帯を差し出す。気づけば咲まで無言で倣《なら》っていた。

正直断りたかった亮だが、そうしたところで無駄な努力になりそうな気がしたので、ため息を吐いて従う。昨日から妙にため息の数が多いような気がしたが、それ以上は考えないように努めた。

自分の携帯を嬉しそうに眺めていた恵梨花は、ふと亮の脇にある袋に目を留めて尋ねる。

「桜木君って、いつもパンなの？」

「ああ、いつもって訳じゃないけどな。食堂行ったり、コンビニの弁当のときだってあるよ」

「その袋……いっぱい入っているように見えるけど、いつもそんなに買ってるの？」

「多いかな？　だいたい十個ぐらいだけど」

「十個⁉　普通は二つか三つぐらいじゃない？」

梓も呆れた顔をしている。

「いつもそんなに多いんじゃ、昼食代がかさむんじゃない？」

「まあな、俺のバイト代はほとんど食事代で消えてるからな……」

仕方がないといった表情の亮に、恵梨花が興味津々な顔で問う。

「アルバイトしてるの？　何してるか教えてもらってもいい？」

「あんまり高校生がやるやつじゃないからな……これ以上は聞かないでくれると助かる」

「そ、そうなの？　ごめんね……？」

恵梨花が謝る時は、無意識なのかどうか分からないが、どうも上目遣いになるようだ。

正面にいた亮は、またもや直撃を食らってしまった。そのせいでドギマギしてしまい、慌てて目を逸らしながら、気にしなくていい、と手を振る。

亮はこれ以上、心にダメージを負わないためにも、本題を片付けて早めに退散しようと試みる。

「それでだ、あんたら三人な」

コホン、と亮が三人娘に視線を巡らす。

「何？」

三人の美少女に同時に見つめられることなど滅多にないので、さすがに緊張してしまう。

「あんまり、教室に来てもらいたくないんだが」

「え!?　どうして!?」

恵梨花が驚くと、梓も続けて問いかける。

「どうしてか、理由を聞いても？」

亮は言いにくそうに頭をガシガシと掻くと、ボソッと言った。

「目立つ」

「え？」

恵梨花は意味が分からないようだ。

「目立つんだよ、あんたら」

梓は何かを探るような目を亮に向けている。

「私達が目立つから来てほしくないと？」

「ああ。でも、俺に会いにくる用事以外ならいくらでも教室に来てくれて構わない。ただ、俺に会いに来るために、教室に来るのはやめてほしいってだけだ」

「ふむ……やはり、君は目立ちたくないのね？」

確認するように梓が尋ねた。

「まあ、率直に言えば、そうだ。俺は目立ちたくないだけだ」

「ええ!?　じゃ、じゃあ、目立ちたくないから、昨日はあんな約束を？」

「ああ、あんたを助けたことを誰かに知られると、一気に噂になるからな。助けてから焦ったぜ」

「ふむ、君がどうやって恵梨花を救ったのかは知らないけど、たしかにこの子を男三人から守ったなんて誰かに知られたら、一気に噂になるのは確かね」

「な、なんで、私だとそうなるの？」

困惑気味の恵梨花に、亮は不思議そうな目を向けた。

「あんた、そんなテレビのアイドル顔負けの反則的に超可愛い顔して、何言ってんだ？」

「え……」

絶句した恵梨花の顔が、真っ赤になる。

それを見て、亮はますます不思議そうにする。

「どうした？　可愛いなんて、言われ慣れてるだろう？」

今度は耳まで真っ赤になった。

亮が訝しげに梓を見ると、小さな笑い声が返ってくる。

「いえ、確かに言われ慣れてるわ。なんとも思っていない男達からね」

この答えに亮は首を傾げただけで、話を続ける。

「いいか？　せっかく地味に、目立たないように生活しているのに、ある朝突然こんな超絶美少女がわざわざ俺のところまで来たなんてなったら、目立ってしまってしょうがないだろう。事実あんなに注目されたのは高校に入って初めてなんだからな……おい、あんた、大丈夫か？」

「な、な……なんでもない……」

恵梨花は首まで赤くして俯き、絞り出すように声を出した。

すると梓は噴き出しそうになるのを堪えた顔で、携帯を恵梨花に向け始めた。

「ちょっ、梓、やめて……」

逃げるように、恵梨花は必死で顔を隠そうとしている。

どうやら携帯のカメラを使って写しているようだ。

梓は恵梨花が嫌がるのを無視して撮影を続けながら、亮に話の続きを促した。

「桜木君、続きを」

「ああ……いいのか？」

「いいから、続けて」

亮は咳払いをして、肝心な部分を口にする。

「だからな、もう、あんた達となるべく接触したくないんだが……」

言い終わる前に、恵梨花が血相を変えて亮に詰め寄り、掴みかかった。

「いや！　なんで!?」

真っ赤な顔のまま、問い詰める。少し涙目になっているのは梓のせいだろう。そんな恵梨花を見て亮も狼狽する。

「いや……だから……あんたら目立つから」

「ふむ……君は何故、そこまで目立ちたくないと？」

ここで何も話さないのはさすがにマズイと亮にも分かったので、大したことでもない理由を口にする。

「中学校は、悪友に振り回されて平穏とは言い難かったんでな。高校はおとなしく、目立たず、平和に過ごしたいと思っただけだ」

「それが理由？　つまらないわね」

梓が眉根を寄せて不機嫌そうに言うと、亮は軽く肩を竦めて見せた。

亮自身、つまらない理由なのは分かっているが、今の生活はやめたくない。

「じゃあ……もう会いに行ったらダメなの？」

恵梨花が瞳を潤ませて更に顔を近づけてくる。

破壊光線のようなものが直撃した気分になった亮は、なんとか気持ちを落ち着かせて、自分が思っていることを率直に告げる。

「ダメって言うよりも、それ以前に、もう俺なんかに用ないだろ？　あんたが礼にこだわるなら、もうジュースかなにかでいいと思っているんだけど……その礼をもらったら、もう会う用事なんてないだろ？」

「え……た、確かに、そうだけど！」

「だろ？」

亮が同意を求めるように目を合わせると、恵梨花は顔を背けながら、しどろもどろに言う。

「じゃ、じゃあ、お礼あげない、渡さない」

「分かった」

「ええ!?」

「いや、最初から、いらないって言ってるだろ」

「あ、違う、あげる！　でも、あげない……」

「どっちだ……？」

「あ、あげるけど、まだあげない！」

「そこらの自販機のジュースでいいんだぞ？」

「ジュースは、ダメ!!」

「じゃあ、何なんだ？」

「え～っと、まだ決めない！」

「……『決めない』って日本語はおかしくないか？　今の場合、『決まってない』じゃないのか？」

「いいの、そんなことは！」

「いいって……はあ」

ここで梓の楽しそうな笑い声が入った。相変わらず携帯を持って撮影している。

「そろそろ、うちの子をいじめるのはやめてもらいましょうか」

「いじめてねぇって。何だ、うちの子って。それより、あんたがいじめてなかったか？」

真っ赤になって嫌がる恵梨花を、無理矢理写真に収めていたので亮は確信した。この女はドSだと。

「話を戻しましょう。君は目立ちたくない。だから私達にクラスで会いたくない」

梓は亮の疑問を無視して、話を再開した。

「ああ、と言うより、学校の人間が見てる前でな」

「恵梨花から礼を受け取れば、用事もないんだから、もう会う必要もないと？」

「そうだろ？　あんたらみたいな美少女が、俺に会いにくるのが不自然じゃないか」

そこで、梓の眼鏡がキラリと光った。

「その不自然とは何かな？」

「いや、俺って地味な見た目だろ？　あんたらみたいな光り輝く容姿の人間には、それ相応の人間が傍《そば》にいるほうが自然じゃないか。現に、そういった男があんたらには寄ってくるだろ？」

梓は静かに頷いて肯定する。

「そこは否定しないけど、私達が誰と一緒にいるかは、容姿や、自然、不自然で決めることじゃない。私達が決めることよ」

亮もそこは否定できない。

「まあ、確かに」

「そして、君は用事がなければ会う理由がないと言ったけど、それは逆に、用事があれば会うのはいいってことじゃない？」

何となく、マズい流れになってきているのを亮は感じ始めた。

「まあ……確かにな」

「それに、そもそも高校生っていうのは用事があるからとかじゃなくて、会いたいから、一緒に遊びたいから、一緒にいて楽しいから、なんて理由で会うものじゃない？　違う？」

「違わねえな。けど俺は目立ちたくないから、会いたくないとも言ったろう？」

「しかしね、私達は君といるのは楽しいから、君とまた一緒にこうやって、お昼を食べるなり、何かしたいと思っている。ねえ、恵梨花？」

力を得たように恵梨花は勢いよく答えた。

「そうよ！」

その後ろで咲まで頷いている。

亮は三人が真面目に話しているのか、さも疑わしげな声で聞いた。

「……本気で言ってるのか？」

三人はすぐに頷いた。

「もちろん」

「本当に本気」

「本気」

咲の声に、恵梨花と梓が驚いたように振り返った。

亮はその様子から、どうやら全員が本気らしい、と分かってしまった。

分かってしまった故に、どうしようかと頭をガシガシと掻きながら悩んだ。

「なんで、俺なんかと……って思うんだが」

梓がふと、気づいたように尋ねる。

「君は、目立つことを抜きにしても、私達といるのは嫌？」

亮は少し考えてから、本音を口にする。

「いや、それはそんなに嫌じゃない。もう素の自分を見せてしまったし、何より目の保養になるしな」

最後に余計なことまで付け加えている亮の言葉に、恵梨花がすぐに反応した。

「本当に!?」

その反応の大きさに、亮が戸惑う。

「あ、ああ……」

「ふむ、君も変わってるわね。大抵の男は私達三人に囲まれると、多少は気後れしたりするのだけど、君は堂々とそんなことを口にする」

「そうか、それは勉強になったたな」

それもそうかもしれんと思いながら、亮は肩を竦めた。

すると、梓が薄気味悪く小さな声で笑う。

「フッフッフ、君はやはり面白いわね。私の考えは間違っていなかったみたい」

思わず亮は冷や汗を流した。

「今のあんたを見て、『嫌じゃない』っていう発言を取り消したいと思ったんだが有効か？」

「いいえ、無効ね。それより、どうなの？　私達とこれからも会ってくれる気はある？」

「そうは言っても難しいだろう、あんたらに『目立つな』とも言えんしな。と、言うよりも無駄だろうな」

梓が恵梨花をちらっと見て頷いた。

「確かに。では、人目のないとこでなら？　この屋上や、昨日君や恵梨花が帰った裏道は」

亮はいつの間にか、まんまと目の前の女に外堀を埋められている自分に気づいた。

微笑を浮かべて楽しげにこちらを見る梓から、視線を咲に向けると、無表情ながらも真っ直ぐに見つめ返してきた。次に、恵梨花を見ると、期待のこもったような眼差しをしていた。

何故こうなったのかと、亮は肩を落とす。

「あんたらが、そこまで言うなら……帰り道は誰がいるか分からんから、なるべく遠慮したいところだが、こういう屋上でならいい」

梓がニヤリと笑い、恵梨花が歓声を上げる。

「本当に!?」

亮は迫る恵梨花にたじろぎながら言った。

「ああ……でも、くれぐれも教室には来ないでくれよ？　廊下で会ってもスルーしてくれ」

ここだけは、亮の譲れないところであるが、恵梨花はすぐに不満気な顔になる。

「廊下でも……？」

「廊下の方が噂が広まるのは早いんだぞ？」

諭すような亮だったが、梓が間に入って言った。

「恵梨花、その辺は追々に。今はまだ、これで妥協しましょう」

「……分かった」

梓の言葉の節々にやや気になるものを感じたが、ひとまず、必要以上に注目されるのは避けることが出来そうだと、亮はほっと一息吐いた。

そこで梓が、「ああ、そうだ」と振り向く。

「ところで、今日は一緒に帰ってもらうわよ。私からも、親友を助けてもらったお礼をしたいしね」

「またお礼か？　それに、帰り道はなるべく勘弁してくれって、今さっき言わなかったか？」

「なるべくでしょ？　しばらくは言わないから、今日はつき合ってちょうだい」

「そうね、昨日は逃げられたし、今日は一緒に帰ってもらいましょう」

恵梨花が、思い出したように冷たい声になって梓に同意した。

急な変化に亮は戸惑った。

「どうした……？　あんた」

振り返った恵梨花は、にっこりと微笑んだ。

「桜木君、昨日、私を置いて帰ったよね」

「あ、ああ……」

「女の子が襲われたのよ？　心細いから、男の子に送って帰ってもらうことを少しでも期待するのは、おかしなことかな？」

「いや、おかしくはない……な」

恵梨花の言葉はどんどん鋭くなっていく。しかし彼女は笑顔だ。

亮の背中を流れる冷や汗の量はますます増えていく。

「そうよね？　襲われて、助けてもらったけど。その後だって怖くなるのよ、一人だと」

『一人だと』の部分がやけに強く響いた。

「ああ、そうだな。いや、すまなかっ……」

亮が言い終わる前に、首を振りながら梓が口を挟んだ。

「そう言わなくても、恵梨花……彼だって、明日からの自分のことを心配してたのよ。自分が心配だったの。恵梨花のことでなく、自分が」

今度は『自分が』の部分が、さらに大きく響いた。

恵梨花の笑みがさらに深くなったが、目がまったく笑っていないことに気づいた亮は、自分の口元が引きつったのを感じた。

「えっと、すみません、お二人さん。そろそろ勘弁してください」

「そう言ってるけど、恵梨花？」

まるで判決を促すかのように梓が視線を向けると、恵梨花は表情を変えずに言う。

「今日は一緒に帰ってくれるの？」

「もちろんだ」

亮が即座に頷くと、恵梨花は今度は心からの笑顔となった。

「そう、よかった」

思わず安堵のため息を零した亮は、恵梨花の笑顔に見惚れそうになり、慌てて目を逸らした。

(花がいきなり咲いたみたいだな……)

ふと腕時計を見ると、昼休みも結構な時間が経っていたので、亮は立ち上がりながら言った。

「昼休みももう終わりだな。俺は先に下りるから。鍵持ってんだよな？　閉めるの頼んでいいだろ？」

「ええ。じゃあ帰りに。裏道で待ってて」

頷く梓に、亮はしぶしぶ、「はいよ」と返して屋上から出て行った。

亮の姿が見えなくなると、恵梨花が梓に体を向けて、ぺこりと頭を下げた。

「ありがとう、梓」

「気にしなくていいわ。あたしも可愛い恵梨花の写真が撮れたし、満足してる」

「あ、ちょっと、写真消してよ！」

「ダメ」

「もう、いつも、いつも！」

「仕方ないじゃない。あたしの生き甲斐なんだから」

「そんなこと生き甲斐にしないでよ！」

二人は言い合いをしながら、シートと弁当を片づけ始める。

咲は二人の様子にクスクスとしながら、片づけを手伝うのだった。

◇◆◇◆◇◆◇

昼休み終了五分前に教室に戻った亮は、またもや、クラスメイトに包囲された。

「携帯の交換したのか!?」

「お礼って、なんだ!?」

質問攻めに後退しながら亮は、お礼のジュースだけもらってすぐに別れたから、携帯は交換しなかったと答えた。

もったいないといった視線と、安心したようなクラスの雰囲気に、普段の地味生活が維持できそうだと心の中でガッツポーズをした。

第二章　まさかのデート

放課後、裏道に入ってすぐのところで、亮はぼんやりと三人娘を待っていた。

（なんで、こうなったのか……昨日のあの連中のせいか？　俺のやり方が悪かったのか……いや、やっぱりあの連中のせいだ。この辺で見かけることはもうないだろうが、もし見かけたら背後から飛び蹴りしてやろう。いや、いっそのこと呼び出して……）

そんな物騒なことを考えているうちに、三人が視界の端に現れた。

「ちゃんと待っていてくれたようね」

感心したように言う梓の横では、恵梨花が申し訳なさそうな顔をしている。

「遅くなって、ごめんね？」

既に二十分ほど待っていたが、自分が来るのが早いと分かっている亮は、気にしてないと首を振る。

「いいよ、別に予定があるわけでもないし。それに一度約束したことは守るぞ、俺は？」

「いい心がけね。そういえば、君と恵梨花が昨日した約束だけど、それを破らない形で君から詳細を聞くのはダメかしら？」

「あー……別にいいんだけど、自分から話したい内容でもないしな。あんたから話してやれよ」

「いいの？」

少し驚いたような恵梨花に亮は首を縦に振る。

「ああ、なんか黙っていても、この女にはいつか知られてしまいそうな気がするし」

そう言いながら、亮がちらっと視線を向けると、梓は楽しそうに微笑んだ。

「何で、そう思う？」

「勘」

その答えに梓は一層微笑を深くし、恵梨花は納得する。

「たしかに梓なら……」

やはりか、と思いながら、亮は梓に対する警戒心を更に強めることにした。

「じゃあ、今日も電話するね？」

恵梨花がそう言うと、梓は「待ってる」と答えた。

歩きながら雑談していても、亮は周囲の警戒を怠らなかった。気にしているのは、もちろん他の生徒の目。もし、誰かの気配を感じたら、即座に身を隠すつもりだった。

そこで亮は、自分の心が少し浮き足立っているのに気づいた。

（三人とも、本当可愛いしな……高校に入ってから女の子と一緒に帰るなんて、ほとんどなかったし）

ぼんやり考えていると、不意に梓が思い出したように声を上げた。

「そうだ、私からのお礼を受け取ってもらいたいんだけど」

「お礼？　何の？」

「もちろん、親友を助けてもらったお礼」

その言葉に恵梨花がはっとなって続けた。

「そういえば、私は何のお礼をしよう」

亮は首を振り、やんわりと口を開く。

「ジュースでいいって」

「恵梨花からのお礼は昨日の話を聞いてから相談しよう。ね、恵梨花？」

「じゃあ、そうしようかな」

亮はお礼を受け取る側の人間が、何故スルーされるのかと悩んでしまう。

そんな亮を挟んで恵梨花が梓に問いかける。

「梓からのお礼って？」

「そうね……桜木君、ちょっとこっちに来てくれない？」

誘いにも似た唐突な言葉に、亮の警戒心が鎌首をもたげた。

「なんでだ？」

「いいから。悪いようにしないから」

亮は訝しげに眉をひそめながら、梓の後について、二人で来た道を戻り始めた。

「ちょっと、梓……？」

「悪いけど、少しだけ、そこで待っててくれない？」

恵梨花と咲に向けて言うと、梓は亮の前をどんどん歩いて行く。

梓は何度も距離を測るように後ろを振り返りながら、恵梨花と咲の顔がギリギリ認識できるところで立ち止まった。

「こんなところかしら……少しその眼鏡を貸してくれない？」

「はあ？　何でまた」

「いいから、貸してくれない？」

嫌な予感が頭から離れなかったが、亮は伊達眼鏡を外して、梓に手渡した。

「ありがとう。あ、恵梨花を見てて」

一体何が起こるのか見当がつかず、周囲を警戒しながらも、亮は言われた通りにする。

すると、梓は携帯を取り出して、恵梨花達に向けた。「カチッ」と機械音が鳴り、それと同時に手を上げる。

そんな合図のような動きが見えたからだろう、咲が動いた。

何をする気だ、と亮が見ていると、恵梨花の斜め前に立った咲はこちらに背を向け、少し屈むと、恵梨花のスカートを一気に捲《まく》り上げた。

「え」

驚きのこもった恵梨花のかすかな声が、スカートの翻《ひるがえ》る音に紛れる。

目を点にしながら、亮はその光景、一瞬の光景を間違いなく目撃した。

対して、未だ恵梨花は何が起こったか分からないような顔をしている。

そこで咲が無表情でこちらを振り返り、親指を立て、その手をビシッと突き出してきた。

何故だかそれが自分に向けられたものと分かった亮は、咲と同じ様に、ビシッとサムズアップした。無意識ながらのそれは、とても、とても力強かった。

サムズアップし合う二人を見た恵梨花は、ようやく我に返ったのか、顔を真っ赤にし、「あ、あ、あ」と呻きながら、両手をゆっくり自らの頬に当てる。そして「イヤアアアアア」と、絶叫しながら背を向けて走り去って行った。昨日の亮と同じく、見事なドップラー効果を作りながら。

そんな恵梨花を見送った咲が、再度こちらにサムズアップすると、梓も同じく親指を立てる。

それにコクリと頷いた咲は、走って恵梨花を追いかけて行った。

亮は事態の成り行きに呆然としていたが、横からぶつぶつ呟いている声が聞こえたので、ふと目を向ける。そこには携帯を構えた梓が恍惚とした顔で、うっとりと呟いていた。

「ああ、なんて可愛いのかしら……あんな可愛い生き物は、他には絶対にいないわ」

思わず一歩引いた。

そんな亮に気づいた梓は、携帯をしまいながら何気ない様子で聞いた。

「見えた？」

亮は先ほど目に焼きついた光景のせいか、知らずしらずのうちにハイテンションになっていたのだろう。考える前に口が勝手に動いていた。

「白とピンクのボーダー」

「うん、あれが私と咲からの親友を助けてくれたお礼」

「ひでえな、あんた。でも女の子って結構、スパッツとかはいているもんだと思ってたんだけど。たまたまか？」

亮は呆れながらも、脳裏を過《よ》ぎった疑問を口にした。

「そうね、確かに恵梨花ははいていたわ。けど、学校を出る前に、私が足を大きく動かす可能性があるからと言って、貸してもらったのよ。だから、恵梨花のスパッツは今、私がはいている」

（ストッキングの上から……？）

事もなげに言う梓を、亮は心底恐ろしいと感じた。

「遅かったのはそのせいか。あんた、悪党だな」

「君に言われると光栄ね」

「どういう意味だ」

「そのままよ。それにやっぱり君の眼鏡は伊達眼鏡ね、この距離ではっきり見えたということは」

黒縁の眼鏡をかざしながら答えた梓の言葉に、亮は自分が今眼鏡をかけていないことを思い出す。

「あ……くそっ。まあ、いいか。それにしても、あんた、腹黒いな」

亮は皮肉った。

「それも君から言われると、褒め言葉にしか聞こえないけど」

「一応、褒めているところもある。女を心底恐ろしいと感じたことなんて滅多にないからな」

すると梓は本当に嬉しそうに表情を崩した。

「君って本当に面白い。じゃあ、恵梨花が心配だからもう行くけど、君は付いて来ないでよ」

亮は眼鏡を受け取ると、「分かってるよ」と応じ、梓を見送った。

「あの女もちゃんと笑うと、可愛いよな。笑うポイントがおかしい気もするが……」

一人残された亮は、しみじみと呟いたのだった。

◇◆◇◆◇◆◇

『ごめんね、恵梨花。許して、もうしないから』

「絶対、許さない」

恵梨花は口を尖らせて、何度言ったか分からない言葉を繰り返す。

あの後、駅前で咲に引きとめられていた恵梨花は、追いついてきた梓に電車の中で何度も頭を下げられた。しかし結局許さず、恵梨花が降りる駅で別れ、それぞれ自宅に帰ったのだった。

電話がかかってきたのは、前日恵梨花がかけたのと同じ時間帯だ。

最初は無視していた恵梨花だが、何度もかけ直してくる梓に根負けし、五回目の着信音でようやく電話をとり、今に至る。

『じゃあ、どうしたら許してくれる？』

「何しても、許さない。信じられない、あのために私からスパッツ脱がせたんでしょ」

『ああ、バレた？』

てへっと聞こえそうな調子の梓に、恵梨花の怒りが高まる。

「なんで、あんな……それも彼の前で……！」

その時のことを思い出したせいか、大きかった恵梨花の声がしぼんでいく。

『あたしと咲からのお礼のつもりなのよ。彼は大変喜んでた様子だったけど』

「もう！　何よ、それ!!　私が変態みたいじゃない!!」

『大丈夫、彼はそんなこと思ってないから』

「そんなの、分かんないでしょ！」

『それは、本当に大丈夫だから。なんたって、あたしのことを悪党だと表現してたぐらいだし』

「そ、それはすごいわね……」

恵梨花は怒りを忘れて感心してしまった。この親友にそんな恐ろしいことを言うなんて、なかなか出来ることじゃない。

『腹黒い、とも言われたわ』

「……でも、その通りよね」

ポツリと恵梨花から本音が漏れた。

『………』

「ちょ、ちょっと、梓！　なんで黙るの⁉」

突然黙る親友に、恵梨花は慌てた。無言のプレッシャーには弱い。

『恵梨花に腹黒いって言われるなんて……』

ため息が一緒に聞こえる。

「な、何よ……それに私、まだ怒ってるんだからね！」

『じゃあ、あたしも彼にパンツ見せたら許してくれる？　……そうね、二人っきりで、ベッドのある部屋なんかで』

「な、な、何言ってんのよ！　そんなの絶対しちゃダメ‼」

『じゃあ、許してくれる？』

「……もう！　またしたら、今度こそ絶交するからね‼」

『よかった、ありがとう。大好き、恵梨花』

そんなふうに、心からほっとしたような声を出されてはどうしようもない。

せめてもの抵抗として恵梨花はこう続けた。

「今度、何かおごってよね」

『もちろん、いくらでも』

軽く息を吐いた恵梨花は、昨日の詳細を梓に話し始めたのだった。

◇◆◇◆◇◆◇

「体力測定の結果？」

昼休みの屋上で、亮の訝しげな声が響いた。

その場には恵梨花、梓、咲がいて、またもや一緒に昼食を取っている。

三人はお手製の弁当だが、亮の手には相変わらずパンがあった。

亮は午前中、授業を聞き流しながら、昨日はパンを食べたから、今日は食堂で親子丼にうどん、チャーハンを食べようかとボンヤリ考えていた。

学生食堂は生徒にとって最高の飲食店だ。安く、旨く、そして、めったに不味いものなどない。人の三人前は食べるのがデフォルトな亮にとって、まさに天国だった。

よし、今日は食堂にしようと決心したところで、携帯が振動し、梓から『昼休み屋上で一緒に昼食を』といった内容のメールが来たのだ。

すでに胃が食堂用になっていた亮は、『食堂で食べたら向かう』と返信したが、すぐに先ほどと同じメールが一字一句変更なしに返って来た。

選択権はないのか、とため息を吐いて、『了解』と返信した。

結局大量のパン——購買に弁当やおにぎりは売っていない——を買って屋上に行くと、すぐに梓が亮に体力測定のことについて質問してきたのだ。


「ええ。何故、あんな結果に？」

上品に箸を運ぶ梓の手に、自然と目が奪われる。

いいとこのお嬢様だろうかなどと考えながら、亮は体力測定の結果を思い浮かべた。

「変な結果って？　俺はちゃんとBを出したはずだぞ。それにBの何がおかしいんだ？」

「それはトータルの平均でしょ。去年の一日目の平均はC、二日目がA。今年の一日目はA、二日目がC。それでどちらも二日間の平均はB。去年も今年も測定種目の順番は同じなのに、Aをとったり、Cをとったりしている。これがおかしくなくて、何がおかしいの」

「一日目、二日目？　ああ、そういえば二日間に分けてたんだっけな……AにC？　Cは分かるが、Aが交じっていたのか？」

「ええ。君は結果を見ていないの？」

「見たぜ、名前の横にBって載ってたはずだ。それで安心してたんだが、Aなんかあったのか……」

測定の結果は一枚の用紙に纏められていて、名前の横に総合結果、二日間の平均、その下に詳細が記録されている。

亮は総合結果だけ確認して安心した後、そのままゴミ箱に捨てたのを思い出した。

「何故、あんな結果に？」

再びの問いに、亮はため息交じりで答えた。

「一応二日間、Bを狙ったんだがな。そうなったのは、その日に冴えない、運動神経の鈍そうなやつを探して、そいつと同じ成績をとるようにしたからだ。なのに、Aが交じってるなんてな……やっぱり、運動神経は顔で選んだら駄目だな」

梓はそれに納得せず質問を重ねた。

「どうして、そんな悪い成績をとることに拘《こだわ》ったの？」

「いい成績をとって、目立ったり、運動部に勧誘されるのとか、嫌だったからな」

「その言い方だと、運動神経に自信があるようだけど」

「そこそこな。実際、去年と今年と合わせたら、両方Aをとっているんだろ？　俺は」

「ええ。その通り」

「なんで、俺の体力測定の結果なんか知っているのか疑問に思うところだが……」

「些細なことよ、気にしないで。それより、君の本当の運動能力が気になるところだけど……」

「そんなこと言われても、この暑いのに走り回ったり、目立つようなことは絶対にしないからな」

「じゃ、機会を待つとしましょう」

「やらないからな。面倒くさいことはしないからな」

「そう、つれないこと言わなくても」

「まったく……それより、あれ、なんとかしてくれ」

あれ、と言いながら、亮は恵梨花に目を向けた。

恵梨花は先ほどから会話に一度も参加せず、亮が姿を現してからずっと、俯いて、手でスカートを押さえながら、もじもじしている。

「あれ？　可愛いじゃない、何か問題でも？」

梓は恵梨花に振り向き、うっとりと目を細める。

「可愛いのは認める。何でああなっているのかも予想がつく。だからこそなんとかしてくれと言っているんだ」

亮は断固とした口調で言った。

昨日のあの瞬間を気にしているのは間違いない。

亮に見られたことを恥ずかしがっているのだろうが、だからといって亮が謝るのもおかしいと思っている。実際、亮は何もしていない。梓に言われた通りに見ていただけなのだから。かといって感謝の意を表せば、余計状況がひどくなりそうなので、どうしたらいいのか分からない。分かっているのは、昨日見た光景は脳内フォルダで、永久に残さなければいけないということだけだ。

「ふむ……君から声をかけたほうが早いと思うけど」

梓が少し考えてから提案すると、亮は目を丸くした。

「俺からか？」

「ええ、名前で呼ぶのを忘れちゃダメよ」

そう言うと、梓は楽しそうに微笑んだ。

「名前？　藤本さんだったよな……」

亮が記憶を辿るように呟くと、梓はますます楽しそうに笑う。

「違う、違う。苗字でなく名前で。恵梨花、と」

「え……苗字でいいんじゃないか？」

少し狼狽した亮に、梓はキッパリと言った。

「駄目ね。名前じゃないと、反応しないわよ」

「……本当か？」

「本当に」

梓は迷いなく頷く。

「はあ。えー……コホン。え、恵梨花」

亮はどもりつつ、顔を赤くして声をかけた。

しかし、恵梨花は俯いたままだ。

「声が小さい、聞こえてないみたいよ」

「分かってら。え……恵梨花！」

亮は照れたように言い返してから、先ほどよりも強く呼んだ。

すると、恵梨花がはっとしたように顔を上げた。

「はい!?　さ、桜木君……？　あれ？　今、何て呼んだ？」

「ああ、いや……弁当冷めちまうぞ、食ったらどうだ？」

亮は誤魔化すように、恵梨花の手元を示す。梓はそんな様子を面白そうに見ていた。

そんな二人を見て恵梨花は不思議そうに小首を傾げ、止まっていた手を動かし始める。

嫌な予感が走った亮は、絶対に梓と目を合わせようとはしなかった。

「しかし、美味そうな弁当だな。お母さん、料理上手なんだな」

「あ、これは……」

亮の言葉に恵梨花が言いよどんだので、代わりに梓が続けた。

「恵梨花の弁当は、恵梨花の手作りよ」

「自分で!?　へー……すごいな」

改めて見ると、弁当は色鮮やかで見栄えがして、亮は心から感心した。

「あ、ありがとう」

恵梨花は顔を赤らめながら嬉しそうに言うと、照れを振り払うように聞いた。

「桜木君はお弁当持ってこないの？」

「俺か？　……そういや、もう随分、手作り弁当なんて食べてないな。コンビニの弁当なら、たまにあるけど」

少し遠い目をした亮に何かを感じたのか、恵梨花はそれ以上聞かずに、自分の弁当を差し出す。

「よかったら、食べる？」

亮は虚を突かれたように、一瞬目を点にしたが、すぐに笑って手を振った。

「いや、いいって。もうパン食べたし、そんな小さいのから分けてもらうと、何か悪い気がする」

「そう？　女の子なら、これで十分なんだけど……」

「それがすごいよな。俺なら少なくともその三倍、いや五倍かな？　それくらいは食わないと、腹の足しにならないと思う」

「五倍って！」

恵梨花が驚いた声を出すと、梓は呆れた目を亮に向ける。

「なんとも燃費の悪い体ね」

「まあ、否定できんな。でも、あんたのその弁当の大きさは、男ならみんな足りないと思うぞ？」

恵梨花の弁当の大きさはとても可愛らしいサイズで、男が食べるちょっと大きめの弁当の半分ぐらいしかないように見える。

「にしても、その五倍は食べすぎでしょ」

「本当に……太らないの？」

梓に同意しながら、恵梨花が女の子なら誰でも気にするだろうことを聞く。

「それが、太らないんだな」

「羨ましい……」

恵梨花がため息交じりに言うと、梓も同意した。

「まったくね。ところで、君が恵梨花を助けた時のことを聞いたんだけど……」

「いきなりの話題転換だな」

苦笑する亮。

「いいじゃない。それで、やっぱり、もうちょっと別のお礼を受け取ってちょうだい」

「うん。受け取ってよ」

恵梨花が、すかさず同意した。

「お礼ならもういいって。ちゃんと誠意のこもった『ありがとう』って言葉を聞いたし……」

以前と同じ亮の言い分を、梓は人差し指を立て、首と一緒に振って否定する。

「やはり、分かってないわね」

「分かってないなって、何がだ。それに昨日も言ったが、追加の礼ならジュースでいいぞ」

「だから、分かってないのよ。いい？　昨日の君は、恵梨花の処女を守ったと言ってもいい」

そんな梓の暴言に、恵梨花がぎょっとなる。

「ちょ、ちょっと、梓!?」

顔を真っ赤にした恵梨花を横目に、亮は冷静に問い返した。

「処女なのか？」

梓はおもむろに頷いた。

「ええ、ちなみにキスもまだ、純粋純潔な十六歳の女子高生よ」

「……！」

恵梨花が声にならない悲鳴を上げている。

亮の目が少し光る。

「キスもまだなのか？」

梓が腕を組みながら、真面目腐った顔で頷く。

「その通り」

亮はいつになく真剣な声を出して首を振った。

「そうだったのか……」

「信じられないでしょ？」

「ああ……あれ、彼氏いないのか？」

亮がふと気づいたように言うと、恵梨花はやっと声を出せるようになったのか、強く否定する。

「いないわよ！　ちょっと、梓!?　何でそんなこと、ここで言うの!?」

「ああ、そうだった」

梓はポンと手を叩いた。

「つまり、君は恵梨花のファーストキスと処女を守ったと言ってもおかしくないのに、そのお礼をジュースだけでいいと言う。実に割に合ってないと思わない？」

更に顔を赤くした恵梨花が梓の傍に寄って、梓の口を手で押さえようとするが、難なく逃げられてしまう。

亮もさすがに照れてきて、頬を少し赤く染めた。

「いや、どうだろうな？　俺が助けずに、もし連れ去られたりしても、途中で誰かが助けたかもしれない。それに自分で逃げる機会もあったかもしれないし」

梓は、逆に両手で恵梨花を押さえ込みながら頷いた。

「ええ、かもしれないわね。でも、結局は君が助けたのよ。恵梨花のファーストキスと処女を」

絶対、わざと繰り返して言っているな、と確信しつつも、亮は同意する。

「まあ、最悪の場合を考えると、そうだな」

ジタバタする恵梨花をよそに、梓はなおも強く言う。

「恵梨花のファーストキスと処女よ。それを守った対価がジュースでいいなんて、私は断じて認めない」

梓の腕の中でもがく恵梨花に、少し同情を感じながら亮は頷いた。

「ああ……まあ、ジュースで駄目なのは分かったが……じゃあ、何を？」

「ええ、恵梨花のファーストキスと処女よ。それなりのものを返すべきでしょ。私もじっくりと考えておくから」

まだ言うか、このドSは。亮は無言で刺すような視線を向けたが、梓は動じない。

恵梨花はもう抵抗を諦めたようで、動かなかった。顔は真っ赤で涙目、息を切らして梓の腕の中に収まっている。

そんな恵梨花を見て、めちゃくちゃ可愛いと思ってしまう。

やはり自分もSなんだろうか、いや、でもこの腹黒眼鏡ほどではないだろうと、亮が自問自答したところで、梓が慈愛のこもったような微笑みを浮かべた。

「落ち着いた？　恵梨花」

「あ、あんたって……!!」

梓の腕の中でぶるぶる震えつつ、恵梨花が睨みつける。

梓は睨まれているにもかかわらず、さらに強く微笑んだ。

「ああ、可愛い。恵梨花、大好き」

そう言いながら自分の頬を、恵梨花の頬に摺り寄せる。

「もう！　梓、やめて！　桜木君、変な目で見てるよ！」

「ああ、いや、おかまいなく……俺失礼するから」

空気を読んだ亮はのろのろと立ち上がると、恵梨花が慌てて引き止める。

「お願い、桜木君！　行かないで！　誤解しないで！　本当に本当に誤解しないで!!」

「あ、ああ……」

恵梨花のあまりの剣幕に思わず足を止めた亮は、その場に座り直す。

心底ほっとした表情になった恵梨花は、落ち着きを取り戻し、渋る梓の腕から逃れた。

「もう、梓、やめてよね……とにかくお礼はさせてもらう、ってことでお願いします」

亮と目を合わさずに、恵梨花はまだ少し顔を赤くしたままぺこりとお辞儀をする。

「あ、ああ。こちらこそ」

亮も思わず、頭を下げた。

名残惜しそうな目で恵梨花を見ていた梓だったが、ふと腕時計に目をやる。

「あら、もうこんな時間。ところで桜木君、明日の土曜か明後日の日曜は、何か予定はある？」

「梓？」

恵梨花が訝しげな目を梓に向ける。

「え……と、何でだ？」

「そんなに警戒しなくても。そうね、恵梨花からのお礼で用事が出来るかもしれないから」

「ふうん？　まあ、今週末なら……両方空いてるな」

学校で何か受けるよりはいいかもしれんと亮は答えた。

今月の頭にバイトで潰れたゴールデン・ウィークの代休が、今週末に取れるはずだ。

「そう、出来れば日曜はそのまま空けといてほしい」

「分かった。じゃあ、先に下りるからな」

了承した亮は、軽く手を振って屋上から出て行った。

亮が扉の奥に消えたのを確認した恵梨花は、梓の方に向き直る。

「日曜日がなんなの？」

梓は少し意外そうに眉を上げると、すぐに悪戯っぽく微笑んだ。

「あたしじゃない、恵梨花よ。恵梨花も日曜空けといてね」

「私なの!?」


その日の放課後、今日は一人でゆっくり帰ろうと、亮は裏道へ足を向けた。

駅に向かうのには遠回りになるため、人通りが少なく、同じ学校の生徒が通ることも稀だ。

時々隣の高校の生徒の姿を見かけることがあるが、彼らがわざわざこの道を使うのは、恐らく喫煙が目的だろうと亮は見ている。

事実、亮は何度かその現場を目撃している。空気になろうとしている彼に絡む者はいないが、自分の学校の生徒が絡まれているのを見かけたことがあった。絡まれているのが男ならスルーし、女の子なら助けに入ることが過去に二回ほどあり、恵梨花は三回目だった。

要するに物騒なので、普通の生徒はこの裏道は通らない。

今日は誘いもなく、久々に一人で帰れるだろうと思っていたため、裏道に入ったところで恵梨花が立っているのを見かけた時は、不意打ちを食らったような気分になった。

亮に気づいた恵梨花は、にこっとしながら、駆け寄って来た。

「一緒に帰っていい？」

こんなところで遭遇したら断ることも出来ない。

並んで歩き始めて数分間、二人は無言だったが、それは亮にとって居心地の悪いものではなかった。

恐らく既に素の自分を見せているからだろうなと思いつつ、隣をちらっと見ると、すぐに目が合ってしまった。

すると恵梨花は、「ん？」と小首を傾げて微笑む。照れ臭くなった亮は慌てて口を開いた。

「そ、そう言えば、あんた、一昨日もこの道に一人でいたけど、いつも三人で帰ってる訳じゃないのか？」

「三人で帰れる時は三人で帰るけど、梓は一年の時から生徒会に入っているし、咲は手芸部だから、三人そろって帰るのって、それほど多くないの」

「へえ？　生徒会に手芸部ねえ……らしいっていえば、らしいな。あんたは何か入ってないのか？」

「うん、私は何も入ってない。でも二学期から梓に生徒会に誘われてるの。桜木君は部活動は……ああ、目立ちたくないし、面倒くさいのは嫌なのよね」

答えようとしたことを全部言われてしまい、思わず苦笑する。

「ああ……生徒会とか、大変そうなのは俺はゴメンだな」

「大変かどうかは分からないけど、梓は来期にはおそらく生徒会長になるから、手伝って欲しいって言われてるの」

「あの女が生徒会長？　……そうか、頑張ってくれ」

そう聞くと、途端に生徒会が悪の組織のように感じてしまうのは、気のせいなのだろうか。

それが伝わったのか、恵梨花が楽しげな目を向けてきた。

「なんか、含んでない？」

「イイエ、ナニモ」

片言で返す亮に、恵梨花がクスクスと笑う。

笑顔だと一層可愛くなるのはちょっと反則じゃないかと考えつつ、亮は言った。

「それと、この裏道なんだけどな」

「うん、何？」

「一人で帰るのは、もうやめとけよ？　他校の生徒がよく通るし、ここを通って絡まれるやつも少なくないんだから」

「心配してくれてるの？　フフ、ありがとう」

そう嬉しそうに言うものだから、亮は念を押すように言った。

「言っとくけど、本当なんだからな？　あんたは実際絡まれてたから分かってるだろうけど。とにかく、この道を一人で通るのはやめておけよ」

「はあい、分かりました」

真面目な顔をする亮が面白かったのか、恵梨花は笑いながら呑気な声で答えた。

「本当に分かってんのかよ」

「分かってるわよ、ここを通るのは桜木君と一緒の時だけにするから」

呆れ気味に亮が問えば、そんな言葉が返ってきて、亮はなんにも言い返せなくなる。

確かに自分と一緒にいれば安全だ。

「はあ……そういや、何で一人だったんだ？」

これは亮が前から気になっていたことだ。女の子が一人でこの道を通ることは滅多にないはず。それなのに一昨日の恵梨花は一人で、この道にいた。

亮の疑問に、恵梨花は少し考えてから答えた。

「そこは、もしかしたら桜木君と一緒かな」

「何が？」

「一人になりたくて、あとジロジロ見られるのも嫌になる時があって」

「……なるほど」

こんな女の子が一人で歩いていれば、友達やクラスメイト、彼女を知っている人は我先にと声をかけてくるだろう。特に男子が。

恵梨花の言葉からそこまで察した亮は、茶化《ちゃか》すように聞いた。

「ジロジロ見られているという自覚はあるんだ？」

「まあ、ね。自分の見た目が気に入らないわけじゃないんだけど。時々、透明人間になりたくなるの」

肩を竦め、疲れたような仕草を見せる恵梨花。

見た目がいいならいいなりに悩みがある、それも当たり前か。そう考えていると、恵梨花が窺うように見上げてきた。

「だから、たまにこの道で一緒に帰って欲しいな？」

「はは、俺は隠れ蓑かよ」

亮は小さく笑って、冗談めかした。すると両手を振り、慌てて否定する恵梨花。

「それもちょっとあるけど、それだけじゃないよ」

「どういう意味？」

「う～ん、なんか落ち着く？」

「なんで疑問系？」

「なんでだろうね？」

面白がるように言う恵梨花だが、すぐに表情を改めて悩むように眉を寄せた。

「なんか、桜木君って自然体……なのかな。落ち着いてる雰囲気があって、それが伝わってくる。

助けてもらった時もそのせいで、すぐに落ち着けた気がする」

「そ、そうなのか？」

多分、褒められてるんだろうと感じて妙に照れ臭くなり、どもってしまった。

同時に、今の自分はまるで落ち着いてないな、と気づく。

そんな亮の気持ちを知ってか知らずか、恵梨花は微笑みながら続ける。

「うん。だからなのかな、こうやって一緒にいても無理なく話せて、安心するの」

「ふうん？　そんなこと言われたの初めてだけどな……」

「そうなの？　じゃあ、嬉しいな……」

本心からそう言っている気がして、何がそんなに嬉しいんだろうかと、内心首を傾げる亮。

「ま、たまにならいいよ。隠れ蓑でも、リラックスルーム代わりでも、何でも使ってくれ」

「ふふ、何それ。でも、ありがとう」

そう言って、にっこりと微笑む恵梨花が、亮には妙に眩しく見えた。

駅前に近づくと、「先に行くね」と恵梨花が駆け足で人込みに紛れていく。

ここで別れたのは、亮の目立ちたくない気持ちを察して、駅前で他の生徒に二人でいるところを見られないためだ。

恵梨花を見送った亮は、暫くしてから駅に向かった。途中、恵梨花の笑顔が頭からなかなか離れず、何度も首を傾げていた。

◇◆◇◆◇◆◇

二日後の日曜日、朝九時前。

自宅から学校の最寄駅を越えて五つ目、学校の近辺よりも賑わっている駅で、眠たい目を擦りながら亮は電車を降りた。

前日の深夜一時――正確には今日の午前一時に梓からメールが届いたのだ。

恵梨花がお礼をするために待っているから、ここへ行けという内容だった。

いつもの如く労働基準法を無視するバイト先が、代休のはずの土曜の夜にいきなり亮を呼び出した。深夜まで働かされていてこのメールを確認できたからいいものの、メールが来た時に寝ていて、起きたのが九時過ぎならどうなる!? といった亮の突っ込みは、誰にも聞かれることがなかった。

普段の休日なら、亮は昼前までゆっくり寝ている。前日、深夜までバイトをしていたなら尚更だ。

お礼とくれば、どこかで食事かな、と亮は考えていた。ジュースを否定されてから、それしか思い浮かばなかった。

なので、こんな朝の時間に来るよう指示され、「お礼ってモーニング？」と呟いてしまった。

あくびをしながら携帯でメールを再度確認する。待ち合わせ場所は駅前にある噴水広場だ。

そこに着き、待ち人はどこかと見回すと、すぐに見つかった。

前にも感じたように、一人スポットライトを浴びているように見えるのもあるが、遠巻きに男達が恵梨花に目をやりながら囁き合っていて、そのせいで余計目立っている。

ナンパの相談でもしているのだろう。あの中心に行くのは少し気が引けたが、誰かが声をかけてややこしいことになる前に合流しようと小走りで向かった。

恵梨花の私服はうすいピンクを基調とした花柄でマキシ丈のワンピースに、白のカーディガン。実に涼しさを感じさせる格好に亮は思えた。素足がまったく見えないので残念な気持ちもしたが。

少し俯き加減に腕時計を見ていた恵梨花は、駆け寄る亮に気づいて、すぐに顔を上げて笑顔を見せる。しかし目を点にして、言葉を発しようとした口を半開きのままにして固まった。

その様子に首を傾げつつ、亮は恵梨花の髪型がいつもと違うのに気づいた。

いつもはふわふわのロングを下ろしているだけだが、今日はサイドで括って、肩の前にその尻尾がある。

(サイドポニー……だったか、この髪型可愛いよな。一番はポニーテールだが、これは次点だな)

亮の中で可愛さ割増の恵梨花を感心して見ていると、固まっていた恵梨花がようやく口を開いた。

「桜木君……？　だよね？」

「え、ああ、そうだけど。ああ……眼鏡つけてないからか？」

「ううん、それは前に見たし。でも、それもだけど。それより髪型が全然違うから、一瞬分からなかった」

「へ？　ああ……学校行かない時はいつもこんなだからな」

今日の亮は休日で、恵梨花は素の自分を知っているため、伊達眼鏡はかけていない。そして、いつも寝癖を直しただけの短い髪も、ワックスを使って所々立たせている。

服装はジーンズに、無地で黒のインナーに白のシャツ。これといって目立った格好ではない。

学校ではさらに目立たないよう意識した格好をしているが、中学校の時は基本このような感じだった。

それと同時に恵梨花の横に並んでいるのを、学校の人間に見かけられた時の保険でもある――すぐに自分だと悟られないためのの。

遠目だと問題ないだろうと、亮は思っている。何しろ、彼を認識している生徒は多いとは言えない。

制服姿とはまるで違う装いに驚いたせいなのか、恵梨花は少し興奮した様子だ。

「印象、ぐっと変わるんだね。格好いいよ」

素直に褒めてくる恵梨花に少し気圧《けお》されながら、あんたほどじゃないと思うがと、亮は内心で突っ込んだ。

「いや……ありがとう。あんたも、その髪型似合ってる。可愛いな」

恵梨花に褒められ、照れてしまったせいか、言葉にするつもりのなかった本音がポロッと出た。

「え？　あ、ありがとう」

一瞬きょとんとした恵梨花が、わずかに顔を赤くしてはにかみながらそう告げると、二人は押し黙ってしまった。

会うなりお互いを褒め合って、変な空気になってしまったのだ。口が開きにくくなってしまったところで、先に切り出したのは恵梨花だった。

「桜木君は、学校がない日はいつもそんななの？」

「そんな」が髪型と眼鏡がないことを指しているとすぐに分かった亮は、部分的に首肯する。

「ああ。休みでも学校のやつらに会う時は、学校に行っている通りの格好だけどな」

「そうなの？　じゃあ、学校では私が一番最初？　その格好の桜木君と会うのは」

「え……？　ああ、そうなるな」

亮が頷くと、恵梨花は嬉しそうな表情を見せた。

「そうなんだ」

どうしたんだろうと疑問に思う亮だが、すぐに考えるのをやめ、今日の予定を聞く。

「ところで、今日は？　モーニングなのか？」

「え⁉　モーニング⁉」

恵梨花の素っ頓狂な声から違うようだと分かるも、他には想像もつかない。

「いや、お礼はモーニングなのかと思って。こんな朝だから。その様子だと違うみたいだな」

それを聞いた恵梨花は声を立てて笑った。

「違うよ。モーニングがお礼なんて、初めて聞いた」

「だよな、俺も初めて聞いた」

亮もつられて噴き出す。

二人して笑っていると、恵梨花が何かに気づいたように言った。

「あれ？　っていうか桜木君、モーニングだけだと思って来たの？」

「いや、さすがにそれはないだろうと思いながらな」

苦笑しながら亮は答えたが、恵梨花は小首を傾げた。

「……これから映画に行くんじゃないの？」

「は？」

今度は亮が素っ頓狂な声を上げる。

「え？　桜木君が映画に行きたいから、私がそれにつき合うんじゃないの？」

「……俺が行きたい映画って、何だ？」

亮が混乱しながら、聞くべきポイントが間違っている疑問を投げかけると、恵梨花も混乱した様子になる。

「えっと、私に聞かれても……」

「だよな」

亮は腕を組んで考えた。

「ちなみに、あんたは今日は何をするつもりでここに来たんだ？」

「桜木君の見たい映画を見たら、お昼ごはんを食べて、その後、アウトレットモールで桜木君の興味があるところを一緒に見て回る……じゃないの？」

なんだその高校生らしい、健全なデートプランは⁉　と内心突っ込みを入れた亮は、何のためか分からないが、この状況を作り出したであろう人間について尋ねた。

「もしかしてだが……あの腹黒眼鏡が言ってたのか？」

「もしかして、梓のこと？　桜木君からこんな要望を聞いたって、梓が言ってたから……違うの？」

「腹黒眼鏡」が梓を指しているのが分かった恵梨花は、一瞬噴き出しそうになったが、なんとか抑えた。

「ああ、俺は金曜の昼からあの女と何も話してないし、昨日の深夜にメールでここに来いって言われただけだ」

恵梨花は驚いた様子で聞き返した。

「ええ⁉　じゃあ……あれ？　映画に行きたいわけでも、買い物をしたいわけでもないってこと？」

「まあ、そのつもりで来た訳じゃないのは、確かだな」

「そんな……」

亮の率直な答えに、恵梨花は落ち込んだ。

見るに耐えられなくなった亮は、どうしようかと思案する。

せっかくの日曜日だ。天気もよくて、朝こんなに早く起きてしまって、帰って寝るのももったいない気がする。

「あんた、映画も買い物もするつもりで来たんだよな？」

「うん、そうだけど……」

俯いていた恵梨花が顔を上げる。

「じゃあ、行くか」

「え？」

「映画と買い物」

「え⁉　桜木君はいいの？」

一瞬喜んだ恵梨花だが、すぐに不安そうな顔になる。亮は肩を竦めた。

「ああ、このまま帰るのもなんかな。あの女の思惑通りにいくのも腹立たしいが……もちろん、あんたがいいならだけど」

「もちろん‼　元々私はそのつもりできたんだし」

勢いよく頷く恵梨花に、亮は笑って言った。

「決まりだな」

「映画館も確かアウトレットモールの中にあったよな？」

「そうだよ」

恵梨花の弾んだような返事を聞き、割と最近、この駅の近くに出来たモールに足を向けた亮。その時、恵梨花が持つバスケットが目に入った。

「重そうだな、持とうか？」

恵梨花はそれが自分の持つバスケットを指していると悟ると、慌てて手を振った。

「いいよ、いいよ。重いんだから」

遠慮する恵梨花に思わず笑ってしまう。

「だから、持つって言ってんのに」

「あ、で、でも……」

「いいから、ほら。体力にはそこそこ自信あるから。それに俺、手ぶらだしな」

そう言いながら亮は、恵梨花の手からバスケットを奪うように受け取った。

「あ……ごめんね、ありがとう」

恵梨花は小さく頭を下げると、肩から提げているハンドバッグを担ぎ直した。

「本当に重いな、これ。何が入ってるんだ？」

バスケットを手にした亮は、予想以上のずっしりとした重みに少し驚いた。

「大丈夫？」

心配そうな顔をする恵梨花に、亮は笑って手を振る。

「俺で無理なら、あんたはもっと無理だろ。大丈夫だって。思っていたよりも重いから驚いただけ。

で、何が入ってるんだ？」

大丈夫だと見せるように軽々とバスケットを上げ下げする亮の姿に、恵梨花はほっとした表情を浮かべると、悪戯っぽく微笑んだ。

「秘密。でいい？」

「秘密？　まあ、いいけど……後で分かるのか？」

「うん、後で分かるよ」

そう言ってニコニコする恵梨花を、亮は不思議な女だと思って見ていた。


「あんた、何か見たいのある？」

映画館に着いた二人は上映中のものを確認すると、相談を始める。

「私？　う～ん、桜木君は？　……と言うよりも、今日は桜木君へのお礼の日でもあるから、桜木君が選んでいいよ？」

「なんか、そう言われると何かの記念日みたいだな」

思わず苦笑した亮は、改めて上映中のものを確認してみるも、特に見たいと思うものはなかった。

「うん、あんたが選んでくれていい」

あまりに早い決断に、恵梨花はクスリと笑った。

「そうしようか？」

「おう、決めてくれ」

「じゃあ……これは？」

恵梨花が指差したのは、アクションモノだった。

暴走する電車の中でテロリストと戦う、スピード感溢れるハリウッド映画。

亮は意外だという表情をした。

「アクションモノなんだ？　てっきり恋愛モノを選ぶかと思ってたんだけど」

恵梨花も同じ表情を見せる。

「恋愛モノの方がよかったの？」

「いや、そうじゃなくて、女の子はそういうのを見たがるのかな、なんて思ってな」

それを聞いた恵梨花は笑って、小さく手を左右に振った。

「女の子だから恋愛モノ選ぶなんて、桜木君けっこう古い考え持ってるんだね」

「古い考えって言われた……」

ショックを受けている亮に、大げさなと言わんばかりに恵梨花は続けた。

「だって、古いよ？」

「うーん、そうかな？」

「うん、古い」

腕を組んで妙にいかめしい顔をする亮に、恵梨花も合わせるように、真面目腐った声で言い切る。

「じゃあ、改めるとしましょう」

そう言いながら、亮が無駄に重々しく頷く。

「改めましょう」

恵梨花がしたり顔で頷くと、二人はまた顔を見合わせて笑った。

映画の入場券を買って——お礼なんだから自分が出す、女に奢ってもらってたまるか、誘ったのは俺だから俺が払う、と二人して言い合い、結局割り勘で落ち着いた——劇場に入る。

二人で席に座るや否や、小腹が空いた亮は売店で何か買おうと腰を上げた。普段から朝は食べないが、モーニングのことを考えたせいだ。

「売店に行ってくるけど、何かいるか？」

恵梨花は少し考えてから告げる。

「じゃあ、アイスティーお願いしていい？」

「了解、食べ物は？」

「お腹空いてないから、いいよ」

「じゃあ、ちょっと待っててくれ」

「はあい」

またも機嫌のよさそうな恵梨花の声に、亮は首を傾げるのだった。

上映直前の売店は予想通り混んでいたが、どうにか買い終え、席にくっつけるタイプのトレイを受け取った亮は、足早に劇場へと戻った。

劇場の中はまだ明るい。席に向かっていると、ここでも恵梨花を見てひそひそ言い合う男達の姿が目に入り、亮はげんなりした。

日常があんなんじゃ、たしかに一人で帰りたくなるのも無理はないな、と納得する。

恵梨花の方は、大して気にした素振りも見せずに携帯をいじっている。周りの男達なんかより、よほど堂々とした大物ぶりに亮は感心する。

恵梨花の隣の席に戻ると、周囲からがっかりした空気が伝わってきたが、亮は無視した。

「おかえり」

恵梨花が携帯から顔を上げて微笑むと、息を呑む音があちらこちらから聞こえてくる。

「ただいま。ほら、アイスティー」

「ありがとう、いくらだった？」

アイスティーを受け取った恵梨花は財布を出そうとするが、亮は手を振って止めた。

「いいって」

しかし、恵梨花は首を振った。

「よくないよ、いくら？」

「本当にいいって、第一金額を覚えてないし。財布に小銭をしまうのも面倒だから、いい」

すると恵梨花は、少し悩んでから言った。

「じゃあ、桜木君が財布を出してる時に後で払うね」

「いい」

「桜木君って、けっこう頑固？」

固辞する亮に、恵梨花が眉をひそめた。

「いや、違うと思うけどどな？　どっちかって言うと、あんたがじゃないか？」

「そんなことないよ」

恵梨花がぷいっとそっぽを向くと、亮は再び苦笑した。

「これ食べたかったら、つまんでいいから」

「これ」と指しているのはフライドポテトが載ったトレイである。もう片方の手にはホットドッグを持っている。

ちょっと拗ねたような表情で振り返った恵梨花は、「ありがとう」と呟くように返した。

それから、亮の手のホットドッグとトレイのフライドポテトとを交互に見て、小首を傾げた。

「それだけ？」

「うん？」

ホットドッグを齧りながら、亮は何のことかと聞き返す。

「それだけで足りるの？」

亮が昼に信じられない量を食べているのを見た恵梨花は、ホットドッグとポテトを一つずつしか買っていないのを不思議に思ったのだろう。

その意味に気づいた亮は、「ああ」と呟いた。

「普段は朝は食べなくてな、コーヒーだけで。ただ今日はモーニングのことを考えていたせいで、なんだか小腹が空いたんだよ」

「朝はコーヒーだけなんだ？」

「ああ」

「体によくないんじゃない？」

「かもな」

「食べたほうがいいよ？」

「そうだな」

適当に相槌を打っていると、恵梨花の背後から少し不機嫌なオーラを感じた亮はぎょっとする。

「ど、どうした!?」

「ちゃんと食べたほうがいいよ？」

「あ、ああ。分かった、なるべくそうする」

「ダメです、ちゃんと食べなさい」

「お母さんかよ!?」

その威厳たっぷりな口調に、思わず亮は突っ込んだ。

「食べるの、食べないの？」

亮の突っ込みをスルーして、据わった目をした恵梨花が追い討ちをかけるように迫る。

「え、スルーですか？　あ、はい食べます。朝はちゃんと、なるべく、食べるようにします」

恵梨花のオーラが強くなってきたように感じたので、つい敬語で答えてしまう亮。

「本当に？」

「はい……」

「多分」と心の中で続けながら、亮は至って真摯な表情で答えた。

ようやく伝わったのか、不機嫌さがゆっくりと薄れていく。ほっとした亮は改めてポテトを勧めた。

「よかったら、どうぞ」

恵梨花は、気持ちを切り替えたように、「いただきます」とポテトを摘んだ。


映画の最中、ポテトを取りにいった手と手がぶつかったりするような、お約束のアクシデントはなかった。ただ二人共、座席の肘掛けに置いている手を意識しないようにしながらも、お互いそこから手を下ろさなかった。

「けっこう、面白かったなー」

映画を見終わった後特有の倦怠感《けんたいかん》を感じつつ、亮があくびをしながら言った。

「そうね。なんで、あのポイントで撃たないかなーとか思ったけど、桜木君はどう思う？」

「ああ、あれはとろ過ぎると思った。早く撃てよって、叫び……突っ込みそうになった」

そんな感想に恵梨花がクスクス笑うと、亮も一緒になって笑い合う。

（そういや、誰かと映画なんて久しぶりだな。観たいものがあった時は、大体一人で学校の帰りに寄ってたし。たまには誰かと来るのもいいもんだな）

暗闇に慣れた目に、外の光が強く刺さる。それを抑えるように、目を閉じて軽く伸びをし一息吐く。

「さて、昼飯食べるか」

上映前にホットドッグ、上映中にポテトを食べたが、それらが胃を刺激して、余計に空腹感が増してしまった。

「あんた、何か食べたいのあるか？　てか、ここ何があるんだろうな。案内板見にいかないか？」

そんな亮の誘いに、恵梨花はにっこりする。

「お昼は公園だよ」

「公園？　何で？　どこの？」

亮の困惑した問いに、恵梨花は笑って答えず、先を歩くのだった。

亮達が辿り着いた先は、アウトレットから出て駅とは反対側にある、芝生が広がり、所々に木々が並んでいる、緑豊かな大きい広場だった。

亮が意外と言わんばかりの声を上げた。

「へえ？　こんなとこにこんな公園があったのか」

「知らなかった？　今日はいい天気だし、外のほうが気持ちよくない？」

言われてみると、確かにそうだ。太陽が昇って、少し暑いぐらいだが、気持ちいい風が吹いている。

木陰に行けば心地いいだろうなと、亮は目を細めた。

「そうだな。じゃあ、何か買って木陰で食べるか」

この言葉に恵梨花は、噴き出すのを堪えるようにして目を丸くした。

「ここまで来て、まだ分からないんだ？　いいから、あの木の下辺りに行こう？」

そう告げると、「何も買わなくていいのか？」と心配する亮の袖を引っ張って行った。


「バスケット貸して？」

目指す木の下に着いた恵梨花が振り返りざまに、手を伸ばしてくる。

「ああ……はい」

まだ少し困惑気味の亮は、言われるままにバスケットを手渡した。

するとは恵梨花はそれを開いて、シートを取り出す。

「そこ持って」

亮が言われた通りにシートを地面に広げると、二人はその場に座った。

恵梨花はバスケットから重箱、水筒、紙コップ、割り箸、紙皿を出していく。そこで亮はようやく理解した。

今頃気づいてバツの悪そうな顔を浮かべる亮に、恵梨花は楽しそうに聞いた。

「やっと分かった？」

「ああ。重いと思ったら、弁当だったのか」

亮は照れ臭さを誤魔化すように言った。

「桜木君、私の五倍は食べるって言ったでしょう？　お弁当箱には入りきらないから、重箱になっちゃった」

恵梨花が笑いながら言うので、亮もつられて笑う。

重箱は二段になっていて、下段にはおにぎりがぎっしり詰まり、上段にはハンバーグ、鮭の切り身、卵焼き、から揚げ、ポテトサラダと、お弁当の定番メニューが並んでいる。

亮はその種類や量に目を丸くした。確かにこれは、恵梨花の食べていた量の五倍以上はある。

「すごいな……これ全部、あんたが？　今日の朝に？　ずいぶん、早起きしたんじゃないか？」

これらを全部作るのにかかる時間を考えてみたが、とても想像がつかない。

呆然とする亮に、恵梨花は何でもないように言った。

「んー？　仕込みはほとんど昨日のうちにやってたし、おかずは焼いたりしただけだから。おにぎりだけは今朝全部握ったけど。でも、桜木君が思ってるより時間かかってないと思うよ？」

「そうかな？　いや、でも本当すごいな、これは。手作り弁当か、久しぶりだな……」

亮は感慨深くなって、呆然と目の前の手作り弁当を眺めている。

そんな亮の様子に恵梨花は少し不思議そうな目をしながらも、紙コップにお茶を注《つ》ぎ、割り箸、紙皿を一緒に亮に手渡した。

「じゃあ、食べよ？」

「あ、ああ……」

呆然としている亮に、恵梨花は少し戸惑い気味に言った。

「食べたくなかったら、食べなくてもいいよ……？」

そこで亮ははっとなり、慌てて手を振って否定する。

「いや、違う違う。ちょっと驚いただけだ」

すると恵梨花は、安心したようにほっと息を吐く。二人は一緒に手を合わせた。

「いただきます」

「何から食べる？　おにぎりの中の具は、梅と昆布とおかかだよ」

「え？　あ、じゃあ、梅のおにぎりと卵焼き、頼む」

未だぎこちない亮のリクエストに、恵梨花は頷いて、それらを亮の皿に載せる。

亮は卵焼きを割り箸でつかみ、ゆっくりと口に運んだ。

手作りの弁当——朝に作って、当日昼に食べる弁当——には、コンビニ弁当では表現できない、独特の温もりがある。周りに入っているものがお互いに保温し合い、冷めにくい。普通なら気になる冷め具合も、弁当に入っていると気にならない。そんな、独特の温度がある。

卵焼きを口に含んだ亮が最初に感じたのはそんな温もりから感じる、以前手作り弁当を食べた記憶。そして、その記憶に連なる懐かしさだった。懐かしさの次に感じたのは、卵焼きの美味しさ。塩が効いていて、自分好みの味つけ。もう食べられないだろうと思っていた味にとても似ていて、涙が出そうになった。

否、もう出ていた。

知らないうちに涙が零れていたことに気づいた亮は、当然ながら焦り、慌ててそれを拭った。目の前では、恵梨花が心底驚いた様子で、目を丸くしている。

「さ、桜木君!?　泣くほど不味かったら食べなくていいよ!?」

恵梨花も相当混乱してしまったのだろう。何しろ自分の作った弁当を食べた人が、目の前で涙を流しているのだから。

亮はそれ以上に焦り、恵梨花の言葉のあらゆる意味を否定しようとした。

「な、泣いてませんよ!?　それに不味いなんて、かけらも思っちゃいない！　むしろめちゃくちゃ美味くてだな、それで、懐かしく……」

なって、と続けようとしたが、口にしかけた内容に更に感情が高ぶってしまい、またもや涙が出そうになった。「ちょっとごめん」と告げ、靴もはかずに恵梨花の死角の木陰に隠れた。

そこで亮は、流れ出てしまった涙を拭うと、拭った腕をそのまま両目に押し当て、木にもたれながら深呼吸を繰り返した。

すると、いつの間にか恵梨花が目の前に立っている。

「大丈夫？　桜木君」

笑って答えようとしたが、口を開くとまた泣いてしまいそうな気がしたので、手の平を恵梨花に向ける。ちょっと待ってくれと、また恵梨花の死角に逃れようとした。

その時突然、恵梨花が亮の腕を掴んで、自身に引き寄せた。

掴まれた亮の混乱も増していたのだろう。普段なら反射的にかわしただろうが、されるがままに引き寄せられ、気づいたら恵梨花に抱きしめられていた。

無論、身長差のある二人なので、亮は屈む姿勢になっていて、その顔は恵梨花の首筋に埋まっている。

首筋だというのに信じられないほど柔らかな感触。隣で歩いていても時折鼻をくすぐっていたよい髪の匂いがダイレクトに伝わってくる。

混乱に拍車をかける要素はたっぷりだが、それが逆に落ち着くきっかけになったのか、亮は自分が今どうなっているかを理解し、ゆっくりと声を出した。

「え……と、あの？」

「私の弁当が不味いせいじゃない？」

そんな問いかけが聞こえて、慌てて否定しようとしたが、恵梨花が思いのほか力を込めていたので、簡単には体を起こせなかった。諦めた亮は、そのままの体勢で、それだけは違うと、ハッキリとした口調で答えた。

それを聞いた恵梨花は安心したように微笑んだ。

「よかった……なんで桜木君が泣いているのかは分からないけど、泣きたいなら泣いていいよ？」

「いや、驚いて…すっかり収まったな……いや、私泣いてませんよ？」

誤魔化そうとしているからなのか、変な口調の亮に恵梨花はクスリと笑う。

「そうなの？」

「ええ、私は泣いてなどおりません」

「じゃあ、そういうことにしといてあげる」

そう悪戯っぽく言うと、亮に回している手を離そうとしたが、その瞬間、今度は亮が恵梨花を抱きしめた。

「桜木君……？」

恵梨花は驚いたような、困惑したような声を出した。

「ごめん、ちょっとだけこうさせて」

「……」

沈黙を肯定と受け取った亮は、腕につい力が入ってしまい、少しだが、きつく抱きしめてしまった。

「ん」

恵梨花が少し心地よさそうな声を上げ、抱きしめ返してきた。

亮は恵梨花から伝わる体温、柔らかい感触に、自分でも信じられないほどの安らぎを覚えた。泣いた理由を詮索しなかった恵梨花に深く感謝しながら。

それからしばらく二人は抱きしめ合った後、亮は抱きしめる力をゆっくりと弱めて、恵梨花から離れた。

「その、すまん。んで、ありがとう」

どうにも目を合わせづらく、目を背けながら呟いた亮の言葉に、恵梨花は微笑んだ。

「どういたしまして」

すると、亮は恵梨花に顔を近づけて、真剣な顔で念を押すようにもう一度言った。

「……泣いてないからな？」

恵梨花は一瞬きょとんとするが、すぐにぷっと噴き出すと、肩を震わせ始め、ついには抑え切れなくなったのか、大きく声を上げて笑った。

ここまで笑っているのは初めて見るなと思いつつも、亮は口を尖らせた。

「そこまで笑う？」

「だ、だって……アハハハハ」

亮は涙目の恵梨花を見て、自分も相当馬鹿なとこを見せたなと、恵梨花と一緒に腹を抱えて笑ってしまった。

二人して思う存分笑い合った後は、シートに戻って食事を再開した。

さすがに亮はもう泣くこともなく、「美味い」と何度も言いながら箸を動かしていく。すごいスピードで重箱の中身がなくなっていくのを、恵梨花は呆気にとられて眺めていた。

そんな食べっぷりを見た恵梨花は、本当に料理が不味いわけではなかったのだと、ほっと息を吐いた。

重箱が空になると、この上なく上機嫌な顔で亮は手を合わせ、頭を下げた。

「ごちそうさまでした」

「おそまつさまでした」

恵梨花も笑顔で、頭を下げる。

「いや〜、本当に美味かった。あんたを嫁さんに出来る人は幸せだな」

亮が満足気に言うと、恵梨花は頬を少し赤くした。

「そ、そう？　ありがとう」

「ああ、本気でうらやましいと思う」

「じゃ、じゃあ、また作ったら食べてくれる？」

一瞬きょとんとした亮だが、すぐに答える。

「そりゃ、作ってくれるなら、いつでも食べるぜ」

「本当に⁉」

相好を崩し、勢いよく聞いてくる恵梨花に、少したじろぎながら亮は頷いた。

「あ、ああ。美味かったし、また食いたいな」

「じゃあ、また作ってあげる」

恵梨花は更に上機嫌なニコニコ顔を見せる。

料理を褒められたらやっぱり嬉しいんだろうな、などと馬鹿な勘違いをする亮だった。


満腹感と多少の睡眠不足のせいで、亮が大きなあくびをすると、恵梨花がクスリと笑った。

「眠いの？」

「ん？　ちょっとな……昨日寝るの遅かったから」

「そうなんだ？　ここは涼しくて風が気持ちいいから、余計に眠くなるね」

「まったくな」

そう言いながらシートの上で横になる亮。シートがひんやりして気持ちよく、瞼《まぶた》が重くなる。

「お昼寝する？」

「いや、さすがに……あんたも眠いのか？」

自分一人が寝て女の子を待たせるなど抵抗があって出来ない。だが、恵梨花は笑って否定するように手を振る。

「私はちょっと、ここで寝るのは抵抗あるかな……いいよ？　横で待ってるから」

「いや、いいって。この後アウトレットを回るんだろ？」

恵梨花は小首を傾げた。

「桜木君、何か買いたいものあるの？」

「いや、別に」

「じゃあ、いいじゃない」

「いや……でも、あんたは見て回りたいんじゃないのか？」

ためらう亮に、恵梨花はクスリと笑った。

「見たいけど、眠そうな目をした人が横にいたら、落ち着いてゆっくり見れないよ」

もっともな話だ。亮は反論が出来ずに苦笑いしてしまった。

「じゃあ、ちょっとだけ寝るかな。寝過ぎたら起こしてくれよ？」

「はい、分かりました」

快諾する恵梨花。じゃあ寝るかと、亮は本格的に寝る体勢を取ろうとするが、シートの上とはいえ、地面の上は硬く、枕もないのでいまいち落ち着かない。

とりあえず腕を枕にして何度か寝返りを打っていると、恵梨花からこんな言葉が投げかけられた。

「えっと、あの……これ、使いますか？」

目を開けると、恵梨花が恥ずかしそうに膝を叩いている。

その意図が分からなかった亮は、返答に困った。

「えっと……これ」

顔を赤くして、再度自分の膝を叩く恵梨花。

それを見て、ようやく恵梨花の言っている意味が分かった――膝枕だ。

亮は、慌てて手を振った。

「い、いや、いいって！　そんな!!」

恵梨花は傷ついたような顔になってしまう。

「やっぱり私じゃ、嫌、かな？」

「いや、違うって！　そのだな、あんたみたいな可愛い……」

可愛い女の子に膝枕してもらうなんて、そんな恐れ多いことはとても自分には出来ない、と言おうとした亮だが、何故か躊躇《ためら》われて言葉に詰まった。恵梨花は期待を込めたような目で問いかける。

「嫌、じゃないの？」

ここではっとなった亮は慌てて頷いた。

「当たり前だ！　実に魅力的な誘いだけど……」

さすがに、こんな人前で膝枕は……と言おうとするも、恵梨花が畳みかけてきた。

「じゃあ、いいじゃない。はい」

言いながら、自分の膝の上に載せた掌《てのひら》を開いて見せる。

亮は目を点にして、未だ躊躇している。

「いや、えっと……」

ここで、業を煮やしたのかとうとう恵梨花が強い口調で言った。

「眠れないんでしょ⁉　いいからこっちで寝なさい！」

またお母さんっぽくなってるよと思いながら、逆らえない雰囲気に押されて、亮は反射的に「はい」と返事をしてしまった。

ゆっくりと傍に寄った亮は、「お邪魔します」と呟き、恵梨花が「どうぞ」と返すのを耳にしながら膝の上に頭を載せた。

目を上に向けると、大きめの山が二つ、目に飛び込んできて、亮は慌てて目を逸らした。横向きになると、公園内を歩いているたくさんの人の姿が目に入る。こちらを見ている人もけっこうな数がいた。

これはたまらんと、亮はまたも慌てて反対方向に向きを変える。ある意味恵梨花と向き合っているようで気恥ずかしかったが、まだマシだ。

すると、今度は頭の下の感触が気になる。

少し高めだが、柔らかくて、温かくて、なんとも言えない心地よさ。高級枕なんて目じゃないんじゃや、と思う――高級枕など使ったことがない亮だったが。

こうなると、この感触を起きたままじっくり楽しむか、心地よさを感じながら眠るか悩んでいるうちに、いつのまにか亮はうとうとしてしまった。

◇◆◇◆◇◆◇

恵梨花は自分の膝の上に亮が頭を載せ、ゴソゴソ向きを変えたりしたので、最初はこそばゆかったが、彼が間もなく寝入ったので安心した。

あまりにあどけない寝顔に噴き出しそうになるが、気持ちよさそうに寝ているので、起こさないように笑いをかみ殺して肩を震わせた。

さっきの涙はなんだったんだろうかと思い返す。

一瞬だったが、とても悲しそうで、寂しそうな目をしていたように見えた。

涙を拭って誤魔化そうとしたが、途中で口が震えて、また泣きそうになったようで、すぐ木の陰に隠れてしまった。

それを見て焦燥感にも似た、放って置けない気持ちが湧き起こり、必死に涙を抑えているだろう彼の前に行ってしまった。

すると、彼は手振りで待つように合図し、またすぐに自分から離れようとした。

その時、自分でも驚いたが、彼を衝動的に抱きしめてしまった。

彼もさすがに驚いたようで、そのせいか、泣きそうな衝動は治まったらしい。

自分でしたことなのに、テンパってしまい、もう答えは分かっているのにまた弁当の味のことなど聞いてしまった。

彼はハッキリとした口調で否定してくれたが、それがなんだかおかしくて笑いがこみ上げてきた。

まだ泣き足りないなら自分の前で泣いてほしいと促すと、彼は変な口調になって、またも泣いてないと誤魔化してきた。

じゃあもう大丈夫なんだろうと思い、名残惜しさを感じながら彼から手を離そうとすると、今度は自分が抱き寄せられてしまい、気づいたら彼の腕の中にいた。

彼の腕や体から伝わる力強さのせいだろうか、それとも他の要因があるのだろうか。自分の中から喜びが溢れてきて、すごく満たされた気持ちになった。

離れると、彼はとても照れ臭そうに、感謝の意を伝えてきた。

その後、まだ泣いていないと言い張るので、ついにはこらえきれず、お腹を抱えて笑ってしまった。

あんなに笑ったのは久しぶりだ。

つられてしまったのか、彼も一緒になって、大笑いした。

恵梨花は、しばらくはこの時のことを思い返してしまうんだろうな、と考えた。

それにしても、と思う。

彼と一緒にいると、落ち着いた気分になれるのは自覚していたが、彼が眠っている間もそうだとは思わなかった。いや、落ち着く反面今日は胸が高鳴ってしようがない。

今も膝枕なんて大胆な真似をしている。落ち着いた気持ちになれる一方で、膝枕の気恥しさと、この胸の高鳴りは止められない。

でもそれは同時に、妙に心地よかった。亮を覗き込んだ姿勢のまま、亮の眠気に誘われるように恵梨花も眠ってしまった。

◇◆◇◆◇◆◇

目を開けると、後光が射す何かがあった。

なんだろうとボーッとしていると、次第に目が慣れてくる。周りが徐々に鮮明になっていき、そこに女神がいるように見えた。

はて、自分はいつの間に天国に行ったのか。いや、その前に天国に行くようなことをしただろうかと考えていると、その女神の顔に見覚えがあることに気づく。じっと目を凝らすと、女神でなく、とても可愛い女の子が目を閉じているのだと分かった。

思わずがばっと起き上がりそうになったが、なんとか、それを押しとどめる。

そんな体の起こし方をすると、間違いなく頭突きをしてしまうからだ。

亮はまず、状況を確認しようと記憶を掘り返す。

自分は膝枕をしてもらい、いつの間にか寝入ってしまっていた。今は眠気も綺麗に消えている。感覚からして寝ていたのは、多分一時間ほどだろう。

そして、目の前に信じられないぐらい可愛い寝顔があるのは、自分が寝ている間に、その美少女も一緒に寝てしまったからだろう。亮は、小さく深呼吸をして、自分を落ち着かせた。

よし、と気持ちを切り替えた亮は、このまま膝の上にいるか、体をゆっくり起こすか悩んだ。

枕としては少し高かったため、首が少し痛むが、それほどひどいものではない。

体を起こし、コキコキと骨を鳴らしてほぐしたい気持ちもあるが、それよりも、やはり後頭部の感触をもうちょっと楽しむべきだと、本能と理性は満場一致の結論を出した。

うむ、と心の中で頷きながら目を上げると、そこにある寝顔に見とれてしまう。

スースーと小さな寝息を立てている。

柔らかそうな頬、柔らかそうな唇に目を奪われ、ごくりと喉が鳴った。

落ち着け、落ち着いて目を逸らすんだ、と言い聞かせるが、気づいたら自分の右手が恵梨花の頬に触れようとしていて、ギョッとした。

勢いを止められず、指先が恵梨花の頬に触れ、その感触に亮は感動してしまう。

すると、恵梨花の体がピクッと動き、ゆっくりと目を開ける。亮は慌てて右手を下ろした。

恵梨花の目と、亮の目がバッチリと合う。

亮は右手を軽く上げて、「おはよう」と言ってみた。

亮の手の動きにつられるように、恵梨花はまどろむ目でそれを追い、その後また亮と目を合わせる。その途端に恵梨花の目が見開かれ、「きゃあ」と叫んで飛び上がった。

亮の頭は恵梨花の膝の上に載った状態だった。

その膝が飛び上がったことによって、首は「ゴキッ」と大きな音を立てる。

そこからくる痛みに亮が悶絶してうずくまると、恵梨花ははっとなった。

「ご、ごめんなさい！　大丈夫!?　……きゃっ」

声を上げ、亮の元へ寄ろうとした恵梨花は突然体のバランスを崩すと、倒れこむようにシートの上に両手をついて何とか体を支えていた。

亮は痛みをこらえながら、恵梨花を見て目を丸くする。

「大丈夫か、あんた。急に、どうした？」

「う、うん」

そう言いながら、自分の足をそろそろと触っている。

「しびれたみたい」

少し恥ずかしそうに、頬を赤くする。

「無理もないか、一時間は同じ姿勢で人の頭を載せてたんだからな」

「そうね……そうだ、桜木君は大丈夫？」

恵梨花は途中で思い出したように問いかける。

「ん？　ああ……」

亮は首をコキコキと鳴らしながら左右に振って、最後に確認するようにゆっくりと上下に動かして答えた。

「大丈夫みたいだな。一瞬痛かったけど、ほどよくほぐれたみたいだ」

「ほぐれた？」

恵梨花が不思議そうに尋ねると、亮は手を左右に振る。

「え？　ああ、こっちの話だ」

「そう？　……眠気はとれた？」

「ああ、スッキリした」

「そう、よかった」

安心したように言い、恵梨花は亮に向かって優しげに微笑んだ。

その瞬間だった。亮はドキッと、心臓が跳ねたように感じて、慌てて自分の胸元に手を当てた。

その様子に恵梨花は、問いかける。

「どうしたの？」

声をかけられた亮は自分でも驚くほど動揺してしまい、思わず大きな声が出てしまった。

「な、なんでもない！」

恵梨花はその大きさに少し驚いたような顔になったが、すぐ気を取り直して、辺りを見回した。

「そろそろ片づけて行く？」

おそらくショッピングのことだろう。

「そうだな……先にどっかで、茶しないか？　冷たいもの飲みたい」

例え木陰で風が吹いていても、五月の天気のいい昼下がりは暑く、亮は寝汗をかいていた。

「そうね、寝ている間に喉かわいちゃったし」

恵梨花が同意すると、二人は立ち上がった。


幾らか軽くなったバスケットを持った亮と恵梨花は、アウトレットの中にある喫茶店に入った。

席に座った亮はアイスコーヒーを、恵梨花はアイスミルクティーを注文する。

店内は外よりも涼しく、それが心地よかった亮は、ソファータイプの椅子にもたれると体の中の熱を出すように軽く息を吐いた。

「疲れたの？」

「いや、涼しいなーと思って。あんたは？　疲れてない？」

「疲れてないよ。でも私も寝不足だったみたい、ちょっと寝たらスッキリしちゃった」

恵梨花が照れたように頬を染めると、亮が頷いた。

「そら、あれだけの弁当を作ったら、多少は寝不足になるだろう。それにしても本当に美味かった。ありがとう、ごちそうさまでした」

「もういいのに、どういたしまして」

頭を軽く下げた亮に、恵梨花が嬉しそうに手を振る。

そこで亮が気を取り直すように咳払いしていると、注文した飲み物が届いた。

一口飲んだ亮は、アイスの時はいつも入れるシロップを忘れたことに渋い顔をして、シロップに加えミルクも入れた。

アイスコーヒーをかき混ぜている亮を恵梨花が面白そうに見ている。

「いつもシロップ入れてるの？」

「アイスの時だけな。ホットの時は砂糖なしのミルクのみで」

「ホットは砂糖なしなの？」

「ああ。ホットの苦さはまったく気にならないんだけど、冷たいと何か気になってな」

恵梨花は、ああ、と少し納得の色を浮かべて頷く。

「少し、分かるかも」

「分かってくれるか」

真面目腐った顔で頷く亮がおかしかったようで、恵梨花は頬を緩めた。

「桜木君って、面白いね」

「いや、普通だろ？」

「ううん、面白いよ。私、こんなに笑ったの久しぶりだと思うし。普段笑わないわけじゃないけど、お弁当の時なんて特に――」

それを聞いた亮は、急にそわそわし始めた。

「どうしたの？」

突然挙動がおかしくなった亮に恵梨花が問いかけると、亮は言いにくそうに声を出す。

「えーと、だな。その、昼に俺が泣……取り乱した時のことだがな」

「うん」

「他の人には言わんでくれよ？」

恵梨花はきょとんとした後、悪戯っぽく微笑んで頬杖をつく。からかうようなその仕草に、亮の居心地は悪くなる一方だ。

「どうして？」

「うーん、いや、あれだ。そこは武士の情けってやつで」

噴き出しそうになった恵梨花だが、我慢したような顔を作った。

「私、女だよ。武士じゃないよ」

「ああ、じゃあ、女の情けってやつで」

今度は我慢出来なかったようで、恵梨花は破顔した。

「女の情けって何？　言いたいことは分かるんだけど」

「とりあえず、黙っててくれってやつだ」

「何よ、それ」

「ほら、ここは俺が出すから」

そう言いながら亮が伝票をヒラヒラさせると、恵梨花は思わせぶりに答える。

「どうしよっかな」

「この通り」

両手を合わせて頭を下げる亮を、恵梨花は楽しそうに見やりつつ言った。

「じゃあ、ケーキ頼んでいい？」

亮はすかさず頷いた。

「どうぞ。ついでだから、俺も食べる」

すると恵梨花が表情を変える。

「お昼あんなに食べたのに？」

「甘いものは別腹だろ？」

「えっと、たしかにそう言うけど……」

恵梨花はどこか腑に落ちないようだ。

「それに、もう半分ぐらい消化した気がする」

「え、もう半分も!?」

「ああ。だって、もう食べてから二時間は経ってるだろ？」

「えっ……あの量の半分が二時間で？」

「まあ、細かいことは気にしない……すみませーん」

細かいことなのだろうかと疑問に思う恵梨花だったが、亮が店員を呼んだので、それ以上追及することなくケーキを頼んだ。

食後、亮が会計を済ませると、恵梨花は「ごちそうさま」と頭を下げた。

「あの弁当の価値に比べると安いもんだ」

本音で言っているのが伝わるその言葉に、恵梨花は嬉しそうに微笑んだ。


それから二人はアウトレットの中のお店を巡り、気づけばもう夕方になっていた。

「もう、こんな時間か」

「朝の九時から一緒にいたのにね、あっという間だね」

「あんた、晩御飯は？　家で食べるんだよな？」

「うん、もうそろそろ帰った方がいいかも」

恵梨花の返事に寂しそうな気持ちが滲むのを察した亮だったが、それをおくびにも出さずに言った。

「じゃあ、帰るか。帰りの方向は？　上り？　下り？　それともこの近辺なのか」

「ううん、上りだよ。学校を越えて、三駅」

「じゃあ、同じ方向か。行こう」

二人は並んで、駅に向かって歩き始める。

駅までの道すがら、二人とも言葉を発しようとはしない。前に一緒に帰った時とは違って、沈黙を噛みしめるような空気が流れていた。

電車に乗って三十分間、恵梨花が降りる駅に近づくまで、その沈黙は続いていた。

最寄駅までもう少しというタイミングで、恵梨花が口を開く。

「次で降りるね」

「ああ……家まで送ろうか？」

亮の家は更に二駅先だが、定期券があるので途中下車しても問題ない。

と言うよりは、なんとなく離れがたかったのかも知れない。ついそんなことを口にしてしまったが、恵梨花は首を横に振った。

「いいよ、いつも利用してる駅なんだし。ありがとう」

そこで電車が停まり、恵梨花が扉から出ると笑顔で振り向いた。

「今日は楽しかった。また、明日ね」

「ああ、また、な……」

そう言ったところで、扉が閉まり、ガラス越しに恵梨花が手を振る。亮も手を振り返したところで、電車が動き出す。

姿が見える間ずっと、恵梨花はこちらに手を振っていた。

(不味いな、惚れそうだ。いや、多分もう惚れてしまったんじゃないか……初めてだけど、これは分かる。いくらあそこまで可愛いからって、単純じゃないか、俺？　しかもこんな数日で……)

「あの腹黒眼鏡のせいだ」と亮は呟き、これから先のことを考えて憂鬱になった。

同じ学校の女の子を好きになってしまうことなど、自分の高校生活のプランにはなかった。

好きにならないと決めたのは、去年のあの女の子が原因だ。

ただの友達だったのに、あんな気持ちになった。ならば、初めて好きになった女の子に同じような目を向けられたら、どうなってしまうのか。考えるだけで恐ろしくなった。

恵梨花の笑顔を見れないのも、恵梨花から笑顔を向けられなくなるのも嫌だ。

そして何よりも、恵梨花からあの目で見られるのだけは耐えられない。それだけは避けたい。

そう思う一方で、恵梨花ならそんなふうにならないんじゃないか、と期待している自分に気づき、亮はその気持ちを無理矢理打ち消す。

期待すればするほど、裏切られた時により強く自分に跳ね返るのだから、と。

――じゃあ、どうするか。最悪を避けるためには、やはり。

「会うのは……それよりも一緒に帰るのは、もう、なるべく避けるか」

亮は自分に言い聞かせるように、誰にも聞こえない声で呟いた。

第三章　会えない理由

朝のＨＲが始まる二十分前、いつもと同じ時間に教室に着いた梓は違和感を覚えた。

周りを見渡すと、女子が何かを囁き合っている。いつも通りにも見えるが、少し熱が入っているように楽しそうだ。

男子は、ぼうっとした顔だ。これもいつも通りではあるが、より顔が赤い。

男子と女子の状態に共通点はないが、視線は共通して同じ方向を向いている。

その先を追うまでもなく、何があるのか梓には分かっている。

そこには、楽しそうに前の席の咲に話しかけている親友の姿があった。

これも日常ではあるが、違うところがある。

ひと目見て、今までで一番、と思えるほどに親友の機嫌がいい。更には、髪型が違う。サイドポニーになっている。両手で頬杖を突いて顔には笑みが絶えず、座っている足の膝から下は、ブランブランと揺れている。

そんなご機嫌な様子に、とりあえず梓は携帯を取り出し、可愛い写真を十枚ほど、動画を一分ほど撮影してから、親友に近づいた。

梓がすぐそばまで接近してようやく気づいた恵梨花は、笑顔をさらに深める。

「おはよう、梓」

その余りの可愛さに、梓は今すぐ親友を抱きしめて頬ずりしたくなったが、場所が場所だけに我慢する。

「おはよう、恵梨花、咲」

「おはよう」

咲が小さな声で挨拶を返した。

「機嫌いいみたいね、昨日は楽しかった？」

そう言いながら、梓は手近にある椅子に座った。

「楽しかったよ。あ！　……梓、昨日のデートのこと彼に何も言ってなかったでしょ!?」

恵梨花は弾んだ声で答えたが、梓の嘘を思い出して口を尖らせる。

すると、梓は素知らぬ振りで答えた。

「そうだったっけ……？　でも、楽しかったんでしょ？」

そう問われると、恵梨花は言葉に詰まってしまう。

「そ、それは、そうだけど」

「じゃあ、いいじゃない？」

「でも、何も知らなかったから、私も彼も混乱しちゃって！」

恵梨花がなおも責めるように言うと、梓は真面目な顔で、何度も頷きながら先を促す。

恵梨花はそんな梓にジト目を向けつつも、お礼をモーニングと勘違いしていた亮の話をした。

途端に梓と咲が噴き出す。

「ふふ、でもモーニングのお礼のために出向くなんて、面白いわね、彼は」

そう言う梓の横で、咲は口を押さえ肩を震わせている。

「彼からその勘違いをいきなり聞いたのよ？　本当に混乱したんだから！」

「まあ、確かに。でも結局はその後、出かけたんでしょ？」

梓が笑いをこらえながら続けると、恵梨花はぱあっと、花が咲いたような笑顔になった。

「そうなの！　結局私が行こうと思ってたところに、全部行ったの！　すっごく楽しかった!!」

梓と咲は夢中で話す恵梨花に、優しげな目を向けていた。

そこに突然、背後から人影が近づいてきた。振り向くと、同じクラスの男子の岡本が顔を赤くし、目をキョロキョロさせながら立っていた。梓が訝しげに問いかける。

「岡本君、どうしたの？」

岡本ははっとした顔になり、すぐ恵梨花に顔を向けた。恵梨花が不思議そうな表情で見返すと、岡本は赤かった顔をさらに赤くして俯く。やがて、意を決したように勢いよく顔を上げると、今度は思いきり頭を深々と下げたのだ。

「お願いします！　藤本さん、俺とつき合ってください!!　好きです！　何なんですか、今日のいつも以上の可愛らしさは!!　お願いします!!」

三人の美少女は、いやその時教室にいた者は全員、朝の教室で堂々と告白をかましたクラスメイトに、唖然としたように口をポカンと開けた。

そこで、男子二人が焦った様子で駆け寄って来る。

「ずるいぞ、岡本！」

「そうだ、こんな抜け駆けは許されることじゃない！」

そう彼を責めるのは工藤と吉田。この男子三人の仲がいいことは周知の事実だ。岡本は下げた頭をそのままに、二人に言い訳をする。

「すまん!!　しかしだ！　今日の藤本さんは……可愛い！　可愛すぎるんだ!!　だから、我慢できなくて……」

「くっ、それは、たしかに……！」

「ああ、いつもと違う髪型から感じさせる可愛らしさに、いつも以上に輝くオーラ……！」

工藤と吉田はグッと拳を握りしめ視線を交わす。そして二人はお互いに頷き合うと、意を決したように同時に恵梨花を振り返った。

依然ポカンとしている恵梨花に向かい、二人は岡本と同じように頭を深く下げた。

「お願いします！　俺とつき合ってください!!」

同じセリフが同じタイミングで放たれたのが、偶然かどうかは定かではない。そんな状況の中、誰よりも先に我に返ったのは梓だった。

「……はっ！　ちょっと恵梨花！」

小突くようにして注意すると、恵梨花は慌てて立ち上がった。

その時、椅子がガタンと音を立ててしまい、教室中に響く。しかし、誰も声を出さなかった。

注目を浴び、恵梨花は困ったような顔になっている。

「えっと……その……ごめんなさい‼」

そう言いながら、恵梨花も頭を下げた。

すると三人の男達は、悲哀に満ちた顔を上げ、岡本が口を開く。

「くっ……や、やはり無理か……す、好きな、人いるんですか？」

恵梨花は、頭を上げると、少し顔を赤くしながら言いよどんだ。

「そ、それは……」

さらに悲痛な色を濃くした三人に、梓が口を出した。

「いるよ、恵梨花には好きな人が」

「ちょっと、梓！」

「何？　間違ったこと言った？」

「そうじゃなくて！　私そんなこと一言も言ってないじゃない‼」

梓は呆れた表情を隠そうともせず、頬杖を突いた。

「恵梨花、あたしの目は節穴じゃないわよ。自覚したのは昨日？　思ってた以上に鈍いわね〜」

「うっ……」

真っ赤な顔で言葉に詰まった恵梨花に、梓がニヤニヤと楽しげな目を向ける。

そんな二人のやりとりを、存在が忘れ去られた三人の男子は諦めの表情で見ていたのだが、その一人、工藤が沈痛な面持ちで尋ねた。

「じゃ、じゃあ藤本さんが好きになった、そんな罪な男って誰ですか……？」

三人がいることを思い出してはっとなって振り向くと、恵梨花は困った顔になりながらも、はっきりと答えた。

「ごめんなさい、言えません」

その返事に、食い下がる工藤。

「じゃ、じゃあ、同じ、このクラスの男子ですか⁉」

そんな問いに、クラスのほとんどの男子が期待と不安の入り混じった表情を見せた。

「え、と……違います。もうこれ以上、言えません。ごめんなさい」

再び恵梨花が頭を下げると、男子達はこの世が終わったような顔になった。岡本、工藤、吉田の三人は魂の抜けたような表情で、「朝からすみませんでした」と詫びると、「今夜は語り合おうぜ」と呟きながら自分達の席に戻って行った。

すると、今度はクラス中の女子が、恵梨花の元に興奮しながら集まってきた。

「恵梨花ちゃん、ついに好きな人できたの⁉」

「いつ⁉　昨日なの⁉」

「この学校の人⁉」

「同じ学年？　やっぱり年上⁉」

「いやいや、意外に年下かもよ」

「そうなの⁉　どうなの、恵梨花ちゃん⁉」

「つき合ってるの⁉」

嵐のような質問攻めに面喰った恵梨花が、どう答えようかと困っていると、チャイムが鳴った。すぐに担任の先生が入ってきたので、女子達は渋々、恵梨花から離れて自らの席に戻っていく。

ほっとした恵梨花だが、これが今日一日続くかもと思うと、ため息が出るのだった。

◇◆◇◆◇◆◇

四限目の授業中に恵梨花からメールを受けた亮は、胸が高鳴った。抑えろ、と自制しながらメールを確認すると、『昼ごはんを一緒に食べませんか』という誘いだった。

なぜまだ自分を誘うのか不思議なところだが、断腸の思いで、断りの返信を送った。

亮としては、恵梨花と会わずに自分の気持ちが冷めるのを待ちたかった。

それに先週の木、金と二日間、あの美少女達と過ごしたせいで、クラスの男子とはまったく一緒にいなかった。先週は何かと注目されてしまったので、それを忘れてもらうためにも、クラスの男子と一緒に食堂に行こうと決めた。加えて、実は購買のパンに飽きたのもそこそこ大きい理由だ。

授業が終わり、昼休みに入ると、前の席の明がこちらを振り返る。

「亮、今日は食堂か？」

「ああ。お前もなら、一緒に行こうぜ」

「ああ、あいつらも行くみたいだから一緒に行くか」

頷いた明は、二人がクラスでよく話をするBグループの面々に目をやりながら言い、亮も頷き返した。

「そうだな」

亮と明に加え、体格が横に広く、心も広い陽気者の川島勝《かわしままさる》に、黒縁眼鏡をかけ真面目な顔をしながらも、ユーモアに富んだ夏山巧《なつやまたくみ》、上背が高くお調子者の東新之助《ひがししんのすけ》といったメンツで食堂に向かい、各自注文したものを受け取ると、丁度空いたばかりの六人席に座った。

座ると同時に、明が亮と川島に向けて呆れた声を出した。

「お前ら、相変わらず、すごい量だな」

亮のトレイには三人前のメニューがそれぞれ大盛りに載っている。川島のトレイにも、同じだけ、いや、わずかに亮より多い量——食堂のおばちゃんのサービス分——が置かれている。

「これぐらい普通だろ？　なあ、亮？」

「まったくな。何でそれだけで足りるのか、お前らの胃が不思議でしょうがない」

川島が同意を求めると、亮はすかさず首肯した。

「それはこっちのセリフだ。勝は分かる。そんだけ肥えた体型だからな。けど納得できないのが、亮、お前の胃袋だ。運動もしていない、体格も俺と変わらない、それなのに俺の三倍以上は食っているんだからな」

夏山が突っ込むと、亮が肩を竦めた。

「そんなの知らんって。俺はずっとこの量なんだから」

「そんなことより聞きたいことがある、亮」

東が、いつもと違って真面目な顔で口を開く。

いつにない雰囲気に、全員が神妙な顔になった。

「なんだ？」

東は、わずかに期待をはらんだ声で問いかけた。

「藤本さんは、もう来ないのか？」

「藤本さん……？　あ、ああ、あの子か」

亮は恵梨花のことを「恵梨花」と認識していたため、苗字だけを聞いてもすぐにはピンと来なかった。しかも、恵梨花と一緒にいる時は梓がいつも「恵梨花」と呼んでいる。

そう言えば、咲が恵梨花の名を呼んでいるのを聞いたことはなかった。

一方、亮のすっとぼけた顔を見た皆は一様に驚き、「覚えてないのか？　ふざけんな」「とぼけんな」と口々に亮を罵倒する。

「ちょっ、落ち着いてくれ。俺が携帯に登録しないと、なかなか名前を覚えないの知ってるだろ？」

「だからってだな、この学校のスーパーアイドルの名前を聞いてすぐに浮かんでこないなんて異常だぞ、亮」

川島が文句を言うと、夏山は眼鏡を上げながら同意した。

「そうだな、しかも会話までしといて」

そこへ、東が未だ真剣な面持ちで声をかける。

「亮」

「なんだ」

「頼む！　俺も藤本さんと会話させてくれ！　それが無理なら近くで見させてくれ!!」

言うなり東はテーブルに両手と額をつけた。

「お、俺も、俺も」

川島がすかさず同意すると、夏山も眼鏡を光らせて便乗した。

「俺は近くで写真を撮りたい」

亮はこのメンツといると滅多にしない、面喰った顔を見せた。

「お、お前ら。何か勘違いしてないか？」

「勘違いでもなんでもいい。先週の木曜日に俺は奇跡を見た。あのスーパーアイドルが俺達の友人に声をかけ、親しげに肩をゆすって起こし、お願いをしていた。これを奇跡と言わずして、何と言うんだ」

東は頭を起こすと、熱に浮かされた様な顔で熱心に語る。

その様子に、亮は慌てて否定した。

「だから、言ったろ！　こけたのを助けて、お礼をしてもらった!!　それだけの関係で、携帯も交換してないんだって！　友達になったわけでもないし、俺の権限でお前らに話してもらったりとか出来ないって!!」

亮は少々嘘を吐いた。携帯番号の交換はした。友人と呼ぶには少し複雑な関係だが、自分の友達と話してくれ、なんて言えるほどの仲とは思っていない。

「それじゃ、不公平だ!!」

東が泣き叫ぶように言う。実際のところ、目に涙を溜めていた。

「な、何がだよ」

亮は東の様子に若干引いてしまう。

「明は藤本さんと話したじゃないか、すぐ近くで見たし！」

「はあ!?」

「俺か!?」

亮が意味不明だと言わんばかりの顔になれば、明は自分を指差しながら、驚きの声を上げる。

「そうだ！　お前は藤本さんに声をかけられたし、目の前で藤本さんのお願いポーズも見たじゃないか！」

東は悲痛な様子で明を責める。

「おい、東。なんだ、そのお願いポーズってのは。誤解を招くような発言を大きな声で言うな」

亮は周りの痛い視線を集めている友人を止めようとした。

「俺の場合は、ほんと、たまたまじゃないか。前の席にいただけで。なんで俺のこと責めるんだよ」

明は謂《いわ》れなき罪を被せられるのを防ごうとする。

「羨ましいんだよ!!」

それは男の咆哮、いや、東の魂の叫びだった。

しかし、その場の一同は絶句してしまう。

食堂中が一瞬しん、となって、亮達のテーブルに視線が集まる。

犯人の東は机にうずくまって、男泣きしている。

声をかけるのも躊躇われたが、ある意味この事態の張本人とも言える亮が、静かに声を出した。

「いいか、東。俺にはあの人にお前の近くに来てもらったり、話したりしてもらうような権限なんてない。俺の見た目や、認知度を考えたら、それは分かるだろ？」

「……」

「それに、だ。そんなに話してみたいなら、お前から声をかけたらいいじゃないか。少ししか話してないが、あの人なら、話しかけたらちゃんと応えてくれると思うぞ」

その言葉を聞いた川島、夏山、明は、あちゃあ、といった顔で首を振る。

すると東がガバッと顔を上げ、立ち上がり、怒りの咆哮を上げる。

「そんな、度胸、ねえよ!!」

一言、一言、区切りながらの大声で、言われた亮が自分が悪かったと思ってしまうほどの、逆切れぶりだった。

「今のは亮が悪い」

「亮が悪いな」

「ああ、亮が悪い」

納得いかなかったが、亮は東に渋々謝った。

「いや、すまん」

「ちっ、これだから、運がよかっただけのやつは」

東が悪態を吐きながら、どかっと座る。さすがに亮もイラッときた。他の三人も、東の態度に、このお調子者め、といった目を向けている。

「けどな、亮。もう本当に無理なのか？」

川島が空気を変えるように、亮に向かって期待を込めた表情を浮かべた。

「ああ、無理だって。話しかける機会なんかもうないんだし」

亮がバッサリ否定すると、夏山がしみじみと呟く。

「そうだろうなぁ……」

「じゃあ、もし機会があったら、頼むぞ！」

さっきまでの怒りはどこへやら、懲りずに東が口にすると、亮はげんなりした顔で言った。

「話す機会があったとしても、だ！　考えてもみろ？　いきなりお前らを連れて、『一緒にお話ししましょう』なんて言えると思うか？」

「そうだな……」

「まあ、たしかにな……」

これには、川島、夏山も同意せざるを得なかった。

しかし、まだ諦めないアホ、東が勢いよく声を出す。

「それじゃあ、もし仮にそんな仲になれたら頼むぞ!!」

亮は、東のしつこさに呆れてしまう。

「なれるかよ……」

もしかしたら、それぐらいの仲かもしれない。でも、さすがにそこまで思うのは自惚れか？　いずれにしてもそんな事態になれば間違いなく目立ってしまうので、避けたかった。

「いいか、頼んだぞ!!」

なおもしつこく、迫りながら念を押す東に、亮は両手を上げた。お手上げだ。

「分かったって！」

「嘘吐いたら、ここにいる全員と絶交だからな！　約束だぞ!!」

「絶交って……小学生か、お前は!?」

亮がすかさず突っ込みを入れると、ため息を吐きながら、夏山が首を振る。

「もういいじゃないか、それぐらい約束してやれよ、亮」

亮もため息を零す。

「分かった、約束するからよ」

その言葉を聞いた東は、満足気に頷くと食事を始めた。

亮は隣の明にだけ聞こえるように愚痴る。

「そんな奇跡を待つより、自分で声かけたほうが早くないか？」

明は笑って、同じ様に囁いた。

「それが出来ればな。でも、それほど奇跡のようには俺は思わないけどな」

亮は一瞬驚いたものの、すぐに聞き返す。

「どういう意味だ？」

「どうもこうもそのままだ。それに、あいつの勘はよく当たるみたいだし」

そう言いながら明は笑って、後の亮の問いには一切答えなかった。

◇◆◇◆◇◆◇

「月曜の食堂のことは噂になっていたよ」

梓が自分の弁当を突つきながら悪戯っぽく微笑んだ。

「なんでそうなるかな……俺は噂になるような人間じゃないってのに。どんなふうに聞いた？」

「逆切れされた男が、逆切れした男に謝っていたと」

亮は手に持つパンを飲み下すと、不貞腐れたようにため息を吐いた。

その正面には恵梨花、横には咲の姿もある。場所はいつもの如く屋上だ。

最低でも一週間は顔を合わせず、自分の気持ちが冷めるのを待つつもりだった亮。しかし、会わなくても目を瞑れば恵梨花の優しげな笑顔、楽しげな笑顔、嬉しそうな笑顔が浮かんでくる。二日間会わなかっただけで、想いは冷めるどころか熱くなっているような気さえして、自身の初恋を持て余していた。

加えて、昼休みや帰り際に、恵梨花と梓が交互にメールで誘ってくるので、それを断り続けることに罪悪感も抱いていた。そして、ついにこの水曜日、恵梨花からの誘いのメールに、自分自身の決意にあっけなく白旗を掲げて了承の返信を送った。

携帯でメールの名前を見ただけで、体が熱くなる。たいして絵文字で飾っているわけでもないのに、何の変哲もない文章なのに、恵梨花からだとそれだけで可愛く感じてしまう。

一週間は顔を合わせるつもりなどなかったのに、三日目でもろくも崩れさった自分の決意はこんなに弱かったのかと、自問自答しながら屋上へ上る亮。

その背中には、恋愛初心者特有の哀愁が漂っていた。


「君の周りには、友達も面白いのが揃っているんじゃない？」

亮は首を傾げ、宙を見上げるようにして考えた。

「まあ、あいつらは面白いんじゃないか？　アホばっかりのような気がするが。っておい、『も』は余計だ」

そう答えると、咲が亮の袖を引っ張ってきて、亮は驚いた。咲が亮に話しかけてきたりすることはなかったからだ。

目が合うと、咲は亮の顔を指差した。意味が分からないながらも、つられて亮は自分で自分を指差し、困惑の表情を浮かべた。

「えーっと、何だ？」

梓は咲の動きに驚いたように一瞬目を丸くしたのだが、すぐにそれを引っ込めて亮に笑いかけた。

「君も面白いと言いたいらしい」

「はあ!? そ、そうか……？」

訳が分からず、亮が咲を確認するように窺うと、咲は首を横に振る。その反応に、亮は咲から目を離さないまま、呟くように聞いた。

「……腹黒眼鏡、違うらしいぞ」

すると、咲が噴き出し、梓の眉がピクッと動いた。

「腹黒……君、まさか今、私に向けて言った？」

「え？ ああ、いや、すまん。忘れてくれ、つい出てしまっただけだ」

梓は険しかった顔を、さらに険しくする。

「そう。私が君の中でどのように呼ばれてるのか、今ハッキリしたわね。覚えておくわ」

「いや、すまん。本当に許してくれ」

亮は今さらながらに、自分の失言が相当マズかったことに気づいた。焦った表情で梓に謝罪すると、咲がクスクスと笑った。

梓と亮は二人揃って目を丸くし、今まで黙って俯いていた恵梨花も顔を上げて、驚きの声を発した。

「咲が笑ったー！ やっぱり、咲は笑った時が一番可愛い！」

そう言いながら恵梨花が咲に抱きついた。咲は抵抗しない。それを見た亮は、一瞬咲が羨ましくなったが、その気持ちは決して表に出さない。

やがて梓が気を取り直すようにして口を開く。

「今の暴言は咲の笑顔に免じて許してあげるけど、次からは気をつけなさいよ」

「お、おう……で、さっきのは、どういう意味だったんだ？」

亮は内心で咲に大きく感謝しながら、咲の首振りの意味を梓に聞いた。

「さっきのは、君の方が面白いと言ってるんだと思うよ」

ろくに考えもせず言った梓に、亮は感心する。

「本当か？　よく、分かるな。今ので」

梓は何でもないように肩を竦めて見せた。

「一年もつき合ってればね。だけど、咲の表情を読むのは恵梨花が一番上手い」

「へえ〜」

亮は本気で恵梨花と梓の二人に感心した。それと同時に、三人の仲のよさの一端を垣間見たような気がした。

そこで、梓が少し苛立たしげな目を亮に向ける。

「しかし、悔しいわね」

「何がだ？」

梓の表情から、自分はまた何か失言をしただろうかと焦る亮。

「咲がこうやって笑うのを私達が初めて見るまで、二週間はかかったのよ。それなのに君は一週間」

「いや、それはあんた達がいるからだろ。俺一人じゃ見せることもなかったんじゃないか？」

内心ほっとしながら、思ったことを口にすると、梓は首を横に振った。

「違う。咲は、あんなふうに笑うところを、私達以外の前では滅多に見せない。男子の前では特に」

「へえ？　どういうことだ？」

自分は珍しいものを見たようだ。

「君のことを気に入ったんじゃない？　私の見る限り、初めてかもしれない。男を気に入るなんて」

そんな言葉を吟味するように、亮はゆっくりと首を傾げた。

「深い意味はないよな？」

「ないわ。あくまで、男友達として」

キッパリと断言する梓だが、亮は納得しかねた。なぜ、自分を気に入ったのか。

「でも、何でだ？」

「さあ……いや、何となくは分かるけど、話すつもりはないから。気にしないで」

「ふうん？　あんたは、分かってるのか？　俺にはサッパリだが」

「なんとなくね。ハッキリしてないから、言わない」

「そうかい」

亮はため息を吐いて、それ以上聞くのをやめた。すると、梓が自分の弁当箱を片づけながら話題を変えた。

「それよりなんでさっきから恵梨花と話さないの？　目も合わせないし。恵梨花もどうしてさっきから、全然喋らないの？」

声をかけられた二人は、同時にビクッと反応した。

そう、この二人は屋上で顔を合わせてからずっと、互いにチラッと見ては、目が合うとすぐに目を逸らす。それを何度も繰り返している。そんな訳だから当然、一度も会話をしていない。恵梨花に至っては、言葉を発することさえ忘れていたようだった。咲が笑うまでは。

目に見えて動揺した二人を前に、梓は笑いたい気持ちを抑え、落ち着いた表情を保った。

先に声を上げたのは恵梨花だった。何でもない顔を作ろうとしているようだが、赤くなっているところで失敗していた。

「そ、そんなこと、な、な、ないわよ。ね、ねえ？」

口調に動揺が大きく表れていたが、亮も恵梨花も互いの動揺に気づいた気配がない。

「お、おう、ま、まったくだ。は、腹黒眼鏡、変なことを言うな」

慌てた亮は再び失言し、梓の眉がまたもや微かに動いた。が、亮はそれにも気づかない。

梓はため息を吐くと、今度は二人を交互に見やる。

その目には、亮の気持ちがどこにあるのかを悟っているようで、そのせいなのか、愉快そうに梓の口端がわずかに吊り上がった。

亮と恵梨花は未だ、同じ状態を続けている。目を合わせてはまた視線を逸らす。お互い無言で。そんな二人を梓は携帯で録画し始めた。今回は恵梨花だけでなく、二人が入る角度になっているようだ。

そして咲に目をやると、それだけで咲は梓の意向を正確に汲み取ったようで、頷き、携帯を取り出して写真を撮り始めた。

普段の亮ならカメラを向けられれば、例えそれが背後であろうと気づくのだが、今は目の前の初恋の女の子に注意が全て向かっていた。

恵梨花も同様に気づけなかった。

梓は五分ほど動画を撮り終えると、携帯を片づけ、やっと亮に声をかける。

「桜木君、もうすぐ昼休みが終わるけど、一緒に下りるのが嫌なら、もう下りたほうがいいんじゃない？」

はっとなった亮は、腕時計を確認して慌てて立ち上がる。

「そうだな。じゃあ、先に行く」

今度は恵梨花が我に返って声をかけた。

「桜木君！」

亮は思わずといった感じで恵梨花と目を合わせたが、すぐに視線を逸らす。

「どうした？」

恵梨花も下を向いた。

「今日、一緒に帰ってほしいんだけど……」

顔を赤くし俯きながら言う恵梨花が余りに可愛く見えて、思わず「いいよ」と即答しそうになった亮だが、慌てて自分の口を押さえ、出かかった言葉を飲みこんだ。

何も答えない亮に恵梨花が顔を上げ、おずおずしながら言う。自然と上目遣いになっている。

「今日もダメかな……？」

心臓を鷲掴みされた気がした亮は、再び恵梨花から目を逸らした。

「悪い、バイトに急いで行かないといけないから。じゃあ、またな」

一気に告げると、一目散に屋上から逃げ出したのだった。


見送って、大きくため息を吐いた恵梨花の肩に、梓は手を置いて、優しく声をかけた。

「また誘えばいいんだから」

「そうだけど……やっと会えたと思ったのに、全然喋れなかったし……はあ」

またも落ち込む恵梨花を梓が励ます。

「それは恵梨花が頑張らないと。すぐ普通に話せるようになるよ」

恵梨花が首を振った。

「どうなのかな……桜木君もなんか様子が変だった気がするし」

梓はその一言で、恵梨花が亮の気持ちに気づいていないことを悟る。

恐らく亮も同じだろう――これは無理もない。学校一のアイドルが自分を好きだと思うような男は、よっぽどその手の勘がいいか、自惚れが強いかだ。

あのウブ具合を見るに、彼は初恋なのではと梓は睨んでいる。そして、この親友も同じく初恋なのだ。

どうしたものかと、今度は梓が大きくため息を吐いたのだった。

◇◆◇◆◇◆◇

「大丈夫か？　亮」

前の席からこちらを振り返った明が、気遣わしげな声で聞いた。

「ああ、ちょっと寝不足なだけだ」

心配ないと言わんばかりに手を振る亮だが、目の下には睡眠不足の証拠のクマがある。

「いや、大丈夫って、言ったってな……ちゃんと寝たのか？　昨日の夜、何かしてたのか？」

そんな問いに亮は多少げっそりした顔で答える。

「ああ、バイトでな。ちょっとトチってしまって、そのせいで遅くなった」

「そのせいでって……本当、労働基準法を無視したバイト先みたいだな。最近毎晩じゃないか？

何時に帰れたんだ？」

「三時」

高校生が帰宅する時間ではない。明は驚くというよりも、呆れていた。

「亮……やめたらどうだ、そんなバイト先」

「俺も常々考えてる。しかし、お前は聞かないな」

呟く亮を、明が不思議そうに見返す。

「何をだ？」

「高校生をそんな時間まで働かせるなんて、どんなバイト先だ。どんな仕事なんだって」

明は苦笑するように肩を竦めた。

「聞いても答えないだろ、お前」

「まあな」

「なら、聞いてもしようがない。話すなら聞くけど」

「まあ、いつか話すかもな」

明は疑わしげに、でも少し面白そうな目を向けた。

「本当かよ」

今度は亮が肩を竦める。

「さあ？　まあ、詮索しないお前はいいやつだよ」

「どうだか」

亮は明が前を向くと、さすがに働きすぎかな、とぼんやり考え始めた。仕事をなるべく多く入れるのは恵梨花のことを考えないようにするためだったが、仕事から帰るとやっぱり考えてしまい、さらに睡眠時間が短くなる。

土曜日の徹夜仕事の明け方、亮は何故惚れてしまったのかと悩んでいた。日曜の夜にも仕事が控えているにもかかわらずだ。何故惚れたのかが分かれば、気持ちを落ち着かせ、恋の熱を冷ますのに役立つのではないかと考えた。

顔に惹かれたこともあるにはあるが、それだけでは惚れないだろう。何しろ、そうならないように注意して、心に壁を築いていたのだから。

まず考えたのは、いつから自分の気持ちが変わったのか。それは間違いなく、前の日曜、デートになってしまった日だ。

では、その日のいつから自分は変わったのか。恐らく弁当の前後だと確信をもって言える。もう食べることが出来ないと思っていた『母の味に似ている弁当』を食べて、不覚にも涙してしまったからだ。

あの時、間違いなく心の壁が崩されたのだろう。では、その時か？　と自問すれば、少し違う気がする。あの後抱きしめてしまった時？　それも違う気がする。膝枕で寝てしまった時？　そこまで考えた亮は、そもそも何故あんなに早く寝てしまったのか不思議に思った。首を傾げて、より深くその日のことを反芻する。

膝枕をしてもらい、そこで横になり、向きを決めてから目を瞑ると、感触に感動すると共に妙に落ち着いたような気がした。何故、あんなに落ち着けたのか。考えても分からず、頭をガシガシ掻いていると、恵梨花の色んな顔が頭を過《よ》ぎった。

困っている顔、微笑んでいる顔、噴き出して涙目になっている顔などを思い返すと、胸の高鳴りを止めることが出来なかった。そして、恵梨花の優しげな顔が現れた時、亮は心臓がドクンと跳ねたのを感じた。

困惑した亮は、原因を探るように自分の心臓に手を当て、もう一度、優しげな顔を思い浮かべる。すると、心臓が「正解！　正解！」と言わんばかりに高鳴ったので、ああ、恵梨花のこの顔を見た時に惚れてしまったんだなと、ついに答えを見つけた。

一つの答えが出て、少し安心する。要はこの顔を見たり思い浮かべた時に、心臓が跳ねないようになればよいのだ。そして慣れるために、ドキドキしながらあの顔を思い浮かべる。

三十秒ほどすると、ある思いが湧いてきた。

(誰かに似ている？　いや、顔でなく、雰囲気がか……？)

悩むこと数秒。亮はハッと目を開けた。

「母さんの雰囲気に似てるのか！」

ようやく謎が解けた。

つまるところ亮は、俗に言う『おふくろの味』で心の壁を崩され、母に似た雰囲気から心に落ち着きを感じ、優しく微笑まれたことにより惚れてしまったのだ。

それを悟った瞬間、亮は思わず立ち上がり、「俺はマザコンじゃねえぞ‼」と言いながら壁に頭をガンガンとぶつけた。

それからはどんな恵梨花の顔を思い浮かべても母の雰囲気と重なり、胸の高鳴りはひどくなる一方。恵梨花と母の顔がまったく似ていないことだけが、この時の亮にとっての救いだった。

結果的に、悩んで睡眠時間を減らした揚句想いが強くなる、という最悪な事態を招いてしまったのだ。

謎が解けた日のことを思い出した亮は、悪循環だなと自嘲した。

先週会ったのは結局、水曜と金曜の昼休みだけだった。

そして、今週の亮はさらに頑張った。月、火、水と誘いを断り続けている。火曜は帰りだけ、水曜は昼休みだけとのことだったが関係ない。

好きな子の誘いを断るのに、これほどエネルギーが必要なのかと驚いた。昼休みはバイトで疲れているから教室で寝ている、帰りはバイトが早出だから、と逃げている。かろうじて嘘ではない。

一層のこと、告白して振られた方がいいかもしれない。ただ、そうなればほぼ確実に彼女の笑顔が見られなくなると思うと、それも出来ない。昼休みだけに応じれば問題ないようにも思うが、昼休みだけというのも難しいので、両方断るようにしていた。不思議なのは、何故ここまで自分を誘うのかということだ。

今日の木曜は何故か、帰りのＨＲを目前にして、誘いのメールが一度も来なかった。断らずに済むとほっとする反面、恵梨花からのメールが一度も来なかったのは先週から考えると今日が初めてで、思っていた以上に寂しさが込み上げた。自ら断ったくせに、自分はどこまで勝手なのだろう。

ため息を吐くようにして亮は苛立ちを抑えると、今日は裏道からゆっくり帰ろうと、ぼんやりと考えた。約束していないのに三人が裏道を通って帰ることはないだろうし――三人で帰るなら表通りだ――恵梨花には一人で裏道を通るな、と前に言ってある。注意をどれだけ聞く気があるのかは亮には分からないが。

バイト先も、今の亮を見て何かおかしいと勘ぐったのか、珍しく休むように言ってきた。亮がヒマと分かれば、いつも無理矢理仕事を入れてくるバイト先がまさか休みをくれるなんて、今の自分はよほどひどく見えるらしいと、亮はまた自嘲した。

今の状況が一体どうなれば改善するのか。恋愛初心者であり、少し事情のある亮にはまったく分からない。

はっきりしているのは、彼女達と一緒に帰るのだけは避けたいということだった。

◇◆◇◆◇◆◇

少し時間を遡って、昼休みの屋上。恵梨花、梓、咲の三人が輪となっていた。

そこで、恵梨花が浮かない顔でポツリと言った。

「避けられてるのかな……」

梓が困ったようになる。

「バイトと、それで疲れているからって言ってたんでしょう？」

「うん、でも今週ずっとだよ……」

恵梨花がため息を吐くと、咲が気遣わしげに言った。

「でも、本当に疲れているみたいだった」

どうしてそんなことを知っているのかと恵梨花は驚く。

「本当？　なんで知ってるの？」

「今日、廊下でたまたま見た。目の下にクマがあった」

恵梨花は咲の言葉に少し安堵した様子だが、同時に亮が心配になったようだ。

「そんなに忙しいバイトしてるのかな？　大丈夫かな？」

「そういえば彼、バイト先のことは聞かないでくれ、って言ってたね。恵梨花はあれから何も聞いてない？」

恵梨花は首を横に振った。

「聞いてない。質問もしてないし……」

「今度、その辺も聞かないとね。ゆっくりと」

梓が眉をひそめ、空中を睨むようにして言う。

「ほ、ほどほどにね……」

梓は一瞬ニヒルに笑うと、すぐに表情を戻して愚痴るように言った。

「しかし、面白くないわね。教室に来るなと言うから来てって誘っているのに、疲れているからって、こうも断り続けるなんて」

「そうね、今日の帰りも断られるのかな……」

落ち込んだ恵梨花を見て梓は胸が痛んだが、同時にやはり亮のことを疑問に思う。亮が恵梨花に惚れたのは間違いないだろうに、何故こうも恵梨花に会おうとしないのか。亮が惚れるところまでは梓の予定通りに進んでいたが、そこからの展開は完全に予想外である。

亮が常々言っているように、目立ちたくないから帰りを断ったり、友人から怪しまれないために昼休みの誘いを断っているとも考えられるが、どうも、それだけではないように思える。

目立ちたくないというだけなら、そう考えるのが馬鹿馬鹿しいぐらい三人で堂々と亮に近づいて、彼を目立たせることも梓は一つの計画としている。だが、亮の考えがハッキリしないと、それを実行しても意味がない。

梓は腕を組んでしばらく考えると、意を決したように顔を上げた。

「会って話してみるしかないわね」

◇◆◇◆◇◆◇

裏道に入った瞬間に、亮は回れ右をしそうになった。が、すでに遅かった。

角を曲がる前からその先に誰かがいるのには気づいていたが、その顔を見て頬が引きつりかける。

そこには恵梨花、梓、咲がいたのだ。

「久しぶりね」

不敵に笑いながら皮肉のこもった挨拶をしてきた梓に、亮はため息交じりに応じた。

「張ってたのか？　それに久しぶりって言うほどでもないだろ」

梓は少し不快そうだ。

「人聞きの悪いことを言わないでくれる？　待っていただけよ」

ものは言い様だなと思っていると、恵梨花が控えめに、窺うように声を出した。

「一緒に帰っていい？」

亮は頭が痛くなってきた。一緒に帰ることを避けたいと頑張っていたのに、否、と言えない状況がやってきた。

この状況で断る上手い理由がない。

そして最近分かったことだが、対面して恵梨花の頼みを断るのは、メールで断る時以上のエネルギーを必要とするのだ。

ここは逃げられないと悟った亮は、諦めて答えた。

「いいよ」

すると、恵梨花の顔からは喜びよりも、安堵の色がはっきりと見てとれた。

（先週は笑ってたのに、今日はこの表情か……）

亮はここでようやく、自分が恵梨花を傷つけていたことに気づいた。

自分が考えていた以上に、恵梨花が自分を親しく感じているのではと思い、自己嫌悪に陥りながらも、胸が高鳴るのを抑えることが出来なかった。

避けたい事態が来てしまったが、こうなってしまったら、もう目の前の初恋の女の子と帰路を楽しんでしまおうと、亮は驚くべき早さで気持ちを切り替えた。

「悪かったな。ずっと誘ってもらっていたのに、断ってて」

亮が申し訳ない顔で告げると、恵梨花は慌てて手を振った。

「いいよ、顔見たら本当に疲れてるんだって、分かったし」

「ああ、これか」

亮は苦笑しながら、恵梨花の視線が注がれている自分の目の下のクマを指差す。

「うん。ねえ、体大丈夫なの？」

心配していることが強く伝わってきて、亮は罪悪感を覚えながらも、それを顔に出さない。

「大丈夫、ただの寝不足だし。今日はバイトも休みでゆっくり寝れるから」

その言葉に恵梨花は、ホッとした顔を見せ、優しげに微笑んだ。

「そう。じゃあ、今日はゆっくり休んでね」

(こうして見ると、やっぱり似てるな……)

恵梨花の微笑んだ顔を見た亮は、日曜日に二人でいた時に感じた、心臓が跳ねたような感覚をまたも覚え、慌てて自分の胸の動きを治めるように手を当てる。

目を逸らそうとしたが、それが出来なかった。

一連の亮の動きを不思議そうに見上げた恵梨花と、目が合ってしまう。恵梨花はゆっくり頬を赤らめながら、真っ直ぐ見返した。

自然と二人は見つめ合うような形になり、数秒が経過したころ、梓が気だるげな声を出した。

「あー、君達」

亮と恵梨花の二人は同時にビクッとなって梓を振り返る。

「な、なんだ?」

「な、なに?」

梓は白けた目を二人に向けながら、咲を引っ張った。

「私達もいることを忘れないでくれないかしら?」

咲はコクコクと頷きながら、二人を見ている。

「な、何言ってんの、忘れたりする訳ないじゃない」

「あ、ああ、忘れてなんかないぞ」

顔を真っ赤にした二人の言葉に、梓は頭痛を堪えるように額に手を当てた。

その仕草は、まるで自分の心配はなんだったのかと言っているように見える。

梓は気を取り直すように頭《かぶり》を振ると、帰り道を指差した。

「とにかく、こんな所にいつまでも立ってないで、帰りましょう」

「そ、そうだな」

「そうね、帰りましょう」

相変わらず顔を真っ赤にしたまま、梓に同意して二人並んで歩きだした。


しばらくして、微妙な空気がなくなったころに梓が口を開いた。

「恵梨花、咲と一緒にちょっとだけ、前を歩いててくれる？」

またか、と警戒心を強める亮と、訝しげな目をする恵梨花。

「また？」

「心配しなくても、またスカート捲ったりしないから」

涼しげな梓の言葉に、恵梨花はボッと顔を真っ赤にすると、首だけ素早く動かして亮と目を合わせようとした。すると亮は恵梨花に負けない速さで、宙に目を逸らした。

以前は『可愛い女の子のパンチラ』だったが、今、その記憶は『好きな女の子のパンチラ』にランクアップしている。初恋、美少女というオプション付きで。好きになったのを自覚してからは、何だか背徳感のようなものがあったので思い出すことはなかった——忘れようともしなかったが。

しかし梓の一言はその瞬間を亮に思い出させてしまい、興奮で鼻血が出るかと思ってしまったほどだ。

絶対に目を合わせようとしない亮に、若干目つきを険しくした恵梨花は、次に梓を睨んだ。

「桜木君と二人でちょっと話したいだけだから」

当の梓は、涼しげな顔をまったく崩さず、微笑んで見せた。

恵梨花はそんな梓に口を尖らせ、咲と腕を組んで、何も言わず前を歩いていった。

梓はそんな恵梨花の様子がおかしかったのか、笑顔で後姿を見守っている。

そして何でもないように聞いた。

「鎮まった？」

「……何がだ」

梓はわざとらしく驚いたような顔をする。

「好きな女の子のパンチラを思い出して興奮してたんじゃないの？」

亮はパチンと額に手を当て、唸るように声を出した。

「あんた、もうちょっと言い方を……待て、『好きな』ってなんだ？」

梓は表情を変えずに返す。

「バレてないと思っているなら、隠したいなら、もうちょっと自重したらどう？」

「……なんのことだ？」

「これ以上、私にとぼけても意味がないことぐらい分かってもいいんじゃない？　心配しなくても、私から恵梨花に言うつもりはないから」

亮は梓を見た。梓も亮を見る。

「……で、何だ、話って」

亮が先に口を開いた。

「何故、恵梨花を避ける？」

「……避けてなんか」

「嘘ね」

亮の言葉を途中で梓が遮った。

「なんでだ？　それに、バイトで疲れているからと言っただろ。それで避けてるなんて……」

「違う」

「何が違う？」

「バイトで疲れているから会えない、じゃ、ないでしょ。会えない理由を作るため、避けるためにバイトを入れたんじゃない？」

この女はエスパーか、と亮は思った。

「……ただの憶測だろ。第一、何で俺が避ける必要がある？　目立ちたくないからあんた達に会わない、なんて、もう言うつもりはないぜ？」

梓は真面目な顔で頷く。

「それは分かってる。君は約束したことをそうそう変えない男だと、私は思っているから」

亮は苦笑した。

「けっこうな高評価受けてる気がするが……で、なんで俺があんた達を避けているなんて思うんだ？」

「私達、じゃない。恵梨花を避けていると言っているの」

「……何？」

「君は恵梨花が好きでしょ？　今さら否定するなんてやめてよ、話が進まないから」

亮は頭をガシガシと掻いて、無言で肯定した。

「君は恐らく、日曜に恵梨花と二人で出掛けた日を境に、恵梨花を意識するようになった。何しろ、水曜にはハッキリとそれが顔に出ていたしね」

「……そんなにハッキリ出てたか？」

「出ていたわ。あれで気づかないのは、よほど鈍いか、周りが見えてないかのどちらかね」

言い切る梓に、亮は額に手を当てて上空を仰いだ。

「マジか……」

ショックを受けた様子の亮がおかしかったのか、梓は小さく笑った。

「心配しなくても恵梨花は気づいていない。咲は気づいているけど」

亮はホッとしつつ、とある疑問を覚えた。

「もしかして、鈍いのか？」

梓は首を振った。

「それだけじゃなくて、この件については、恵梨花は周りが見えていないわ」

「ふうん？」

亮が少し腑に落ちないような声を出すと、梓はボソッと、「君もだけど」と呟いた。

「今、なんて？」

「いえ、なんでも。それで水曜から君が恵梨花のことを意識したのは分かった。けど、そこからが分からない」

「何がだ？」

「普通、好きになった女の子に誘われたら、何としてもその子に会いに行くでしょ。月曜、火曜と、男のつき合いを優先して恵梨花に会わなかったのは分かる。木曜日も昼に会わなかったのは二日連続を避けたように捉えることが出来る。だけど、帰りの誘いを全部断るのは、やっぱりおかしいじゃない」

「だから、バイトがあったんだって」

「仮にそれが本当だとしましょう。でも先週と今週で、君はどれだけ好きな女の子からの誘いを断った？　その一点だけでも十分おかしいし、断ったなら断ったで、罪悪感からでも好きな女の子に会いたさからでも、一度くらい顔を出して、お詫びの一言があってもおかしくないとは思わない？」

「……」

「君は教室に来てほしくないと言ったわね、私達はそれを守っている。君に会うのは、または、君が恵梨花に会うのは、昼休みか帰り、休みの日しかないじゃない。どう考えても君の想いと、やっていることに矛盾があるのよ。それを『避ける』と表現するのはおかしくはないと思うけど？」

言い終えた梓は、ゆっくりと亮に向き直る。

亮は、自分を真っ直ぐ見上げる梓の視線を逸らさないように受けとめた。

「もう一度聞くわ。何故、恵梨花を避ける？」

亮は何と答えたらいいのか、分からなくなった。

嘘を吐くのは簡単だが、今目の前にいる女の子にそれをするのは憚《はばか》られた。だからと言って本当のことも話したくない。仮に話したとして「そんなことにはならないから大丈夫」と言われても信じることが出来ないし、「そんなことぐらいで」と言われるのも嫌だった。

恐らく梓は、そんなことにはならないと言うだろう。しかし、その時の自分を見たらどうなるだろうかと考えると、恐怖が襲ってくる。

その時、亮の瞳がわずかに揺れたのを梓は見逃さなかったようだ。身を乗り出すようにして口を動かす。

「君が恵梨花を避けるのには事情があるんでしょう。どんな事情かは分からないけど、私が協力して解決できるのなら話して欲しい。君が避け続けると、親友がさらに傷つく。私はこれ以上、あの子が悲しむのを見たくない。君が正直に話せず、これからも恵梨花を避けると言うなら、もう会わないと言ってやってちょうだい。あの子のことが好きで、あの子のことを想うのなら。中途半端な態度をとられて一番傷つくのは恵梨花なのよ」

初めて聞いた熱のこもった梓の言葉は、亮の心に深く刺さった。自分の身勝手さを痛いほど感じた。確かに傷つけてしまうならいっそのこと……と考えたところで、亮は梓に目を向ける。

「おい、今のあんたの言い方からすると、まるで……」

言い終える前に、恵梨花の焦った声が耳に届く。視線を向けると、走って戻って来る恵梨花と咲の姿があった。

亮の前に立った恵梨花は肩で息をしている。

「桜木君！　あそこの広場で喧嘩してる！　うちの学校の人と他校の人が！」

亮は背中に冷たいものが流れるのを感じた。ついに最悪の事態が来たのかと。

第四章　踏み出した一歩

「人数は？」

亮は広場に向かいながら隣の恵梨花に聞いた。

「うちの学校の人が三人、他の学校の人が六人」

ピタッと足を止める亮。

「三人？　六人？　……全員、男か？」

「う、うん。全員男だけど……」

すると亮はあからさまに安堵した顔になり、手をひらひらさせた。

「なんだ。じゃあ、ほっとけ、ほっとけ」

この言葉に亮以外の三人が、「は？」と口を開けて固まった。

「ちょ、ちょっと待って。助けてあげないの？」

恵梨花が慌てて聞き返すと、亮は当然と言わんばかりの顔で頷く。

「ああ、男だろ？　男なら自分の喧嘩ぐらい自分で面倒みるもんだ」

「で、でも人数が倍違うんだよ！」

「そこは喧嘩を売った、買った、の責任だろ。第一、三人が負けてる訳でもないんじゃないか？」

「ううん、うちの学校の三人は、三人ともやられてたよ、囲まれて！」

「ふうん？　じゃあ、もう終わるんじゃないか？」

顔色一つ変えない亮に、恵梨花はついに業を煮やしたようで、亮の腕を掴んで引っ張った。

「と、とにかく、早く来てよ！」

「分かったって」


広場の隅っこのほうで三人が倒れ、囲んでいる六人は楽しげに、殴る、蹴るの暴行を繰り返していた。

「やられてるな～」

広場が見える物陰で呑気な声を出す亮に、恵梨花は強く訴える。

「お願い、助けてあげてよ！」

亮は困った顔をして、言い含めようとしたところで、梓が焦った声を出した。

「恵梨花！　あの三人、うちのクラス！」

「え!?」

恵梨花は驚きの声を上げて、すぐに広場に視線を戻した。

「本当だ！　岡本君に、吉田君に、工藤君！」

梓と咲は、知り合いが血を流しているのが見えて気分が悪くなったようで、少し顔が青褪《あおざ》めている。

「うん。この前の朝に、恵梨花にいきなり告白してきた三人ね」

それを聞き、亮は余計に助ける必要性がなくなったように感じた。

しかし、恵梨花は亮の腕を掴む力を強める。

「ねえ、お願い！　助けてあげて！　私達のクラスメイトなの！」

「もう終わるだろ。それから病院にでも連れて行ってやったらいいんじゃないか？」

「でも、そんなの早いほうがいいじゃない！」

「大丈夫だろ。あの程度の怪我、一、二週間、安静にしてれば治るって」

亮の余りに冷たい言葉に恵梨花は愕然《がくぜん》とした。

恵梨花がショックを受けて二の句を継げないでいると、梓が焦った顔で振り向いた。

「桜木君、君が何故助けようとしないのか分からないけど、私からもお願い。助けてやって」

「あんたら……さっきから、俺一人で六人に喧嘩売れって言ってる自覚あるか？」

亮が呆れて言うと、二人は今更ながら、自分達がどれだけ危険で身勝手なことを頼んでいるかを、悟ったような顔になった。

「そうだけど！　桜木君なら大丈夫なんじゃないの？　私を助けてくれた時みたいに……」

「あんたの時は三人、今回は六人。単純計算で二倍だが、苦労は二倍どころじゃないぞ」

亮が冷静に指摘すると、梓が首を振る。

「いや、君なら大丈夫だと思う。たいした根拠はないけど、君ならどうにか出来ると思うから、私も恵梨花もこうやって頼んでしまっているんだと思う」

恵梨花が梓の言葉に大きく頷き、その後ろで咲も何度もコクコクと頷いている。

「そんな根拠もなく信頼されてもなぁ……」

亮は困った顔で頭を掻いた。

梓は業を煮やしたように広場に顔を向けて言った。

「じゃあ、私が行くから、君は後ででもいいから来てちょうだい」

亮は唖然として、梓の腕を掴む。

「馬鹿言うな。あんたに行かせられるか。あんたが行ってどうなる」

すると梓は憤慨して、亮の手を振り払おうとした。

「これでも、私はね……」

「合気道だろ？　でもあんたの腕じゃ、一人か二人投げた後に、囲まれて捕まるのがオチだ」

途中で亮が遮ると、梓は目を見開いて固まった。

「な、なんで、それを……」

亮はその問いには答えず梓の腕を放し、助けに行かない理由を語ろうとした。だが、恵梨花が亮の横を走って通り過ぎたので、ぎょっとしてその手を掴んだ。

「放して！　もう桜木君には、頼まないから！　私がやめてもらうように、話してくる！」

恵梨花は涙目で亮を責めるように叫んだ。

「あんたも馬鹿を言うな。やめてと頼んで言うことを聞いてくれる連中には見えねえだろ。また攫《さら》われちまうぞ」

「じゃあ、どうするって言うの！　どんどん怪我しているじゃない！」

「だからな……」

「もう、いいよ！　放して!!」

亮の油断なのか、好きな女の子の手のせいなのか。痛めないように、弱く握られていた亮の手を振り解いて、恵梨花は走り出した。

自分が握っていた手が離れたことに驚きながら、亮は吠えていた。

「待て！　恵梨花!!」

「待て」という言葉に反応したのか、それとも亮の声に逆らえない響きがあったからか、あるいは初めて好きな人が自分の名前を呼んだからか、恵梨花はピタッと止まった。

すかさず亮は恵梨花の手を取り、自身に引き寄せると苦々しげに言った。

「俺の目の前で、あんたに怪我なんてさせてたまるかよ」

恵梨花は放心したように亮を見上げている。

亮は梓を振り返って、恵梨花を優しく押した。

「梓、恵梨花をしっかり掴んどけ。俺が行ってやるから三人で先に帰ってろ」

一瞬呆気にとられた梓だが、言葉の意味に気づいたようだ。

「ちょっと待って、一人で行く気なの？　一人じゃ無理だと……」

「俺は六人の相手が無理なんて一言も言ってないぜ」

「いえ、でも……」

亮は、逡巡する梓を促した。

「いいから先に帰れ。咲、恵梨花と梓を連れて帰ってくれ」

咲はコクッと頷き、恵梨花と梓の手を掴んだ。

亮はフッと笑って咲の頭をなでて、咲の身長に合わせるように少し屈んだ。

「よし、二人が絶対に俺のとこに来ないようにしててくれ」

なでられたのが気持ちよかったのか目を細めていた咲だったが、亮の言葉に真剣な顔で頷いた。

恵梨花と梓が目を丸くしていると、亮が恵梨花の方を振り向いた。

「恵梨花」

「はい！」

はっきりと名を呼ばれて驚いたのか、恵梨花は先生に呼ばれた生徒のような返事をする。

亮は真剣な顔で真っ直ぐ恵梨花と目を合わせた。

「いいか。俺が行くから、待たずに帰れ。絶対に帰ってくれ、いいか？」

恵梨花は亮の言葉に逆らえなくなったように、コクコクと頷く。

その様子が妙におかしくて亮はまた小さく笑うと、帰り道に目を向けた。

「じゃあ、行ってくれ」

だが、三人はなかなか動き出さず、亮は困って苦笑する。

「早く帰ってくれないと、あいつらを助けないぞ」

その言葉でやっと三人は走り出したが、恵梨花は何度も何度もこちらを振り返っていた。

三人の姿が見えなくなるのを確認した亮は、伊達眼鏡を外して大きくため息を吐き、頭をガシガシと掻くと、喧嘩をしている、もとい、六人で三人を囲んでリンチをしている集団の前まで走り出す。

息も乱さずリンチ現場の手前で足を止めた亮は、集団に向かって静かに声を出した。

「やめろ、お前ら」

◇◆◇◆◇◆◇

亮に帰れと言われた三人は、広場が見渡せる別の物陰に少し息を荒くしながら隠れていた。

「なんで先に帰れって言ったと思う？」

梓が恵梨花に尋ねる。

「巻き込まないためかな。前に私を助けてくれた時も、手でどこかに行けって合図された」

梓は納得していない様子だ。

「でも、それなら帰れって言わずに、その辺に隠れてろって言わない？」

「そうね……なんでかな。なんにせよ、桜木君一人を放って帰れないよ。思わず頷いてしまったけど」

梓と咲が、同意するように頷いた。

「桜木君、大丈夫かな？」

恵梨花が心配そうに言うと、梓は考えながら応じた。

「大丈夫……だと思う。多分だけど、彼、あたしが思っている以上に強いよ。てこずるかもしれないけど、多少怪我はするかもしれないけど、大丈夫だと思う」

「……全然、大丈夫のようには聞こえないけど。ああ、お願い。大怪我とかしないで」

恵梨花が切実な様子で両手を組んでギュッと目を閉じていると、咲が恵梨花の袖を掴んで広場を指差した。

恵梨花が視線を向けると、亮が集団の前に立っている。

その光景を見た瞬間、恵梨花は今更のように怖くなり、手が震え始めた。

亮が多人数と対峙しているのを見て、人数の差というものを改めて恐ろしく感じた。自分は焦っていたとはいえ、なんてことを頼んでしまったのだろう。恵梨花は血の気が引くのを感じた。

さっきはどうして彼を冷たいだなんて思ってしまったのか、彼は誰よりも冷静に状況を見ていただけなんだと、今やっと分かった。梓も同じように顔を青くしていたので、恐らく自分と同じことを考えているのだろう。

唇が震える。願うのは彼が無傷で、自分に笑いかけてくれること。彼に頼んだことを考えると、あつかまし過ぎるかもしれないが、そう願わずにはいられなかった。

少なくとも、彼が倒れて動けなくなったら、何がなんでも助けに行く。

一方広場では、六人が殺気立って亮に向かって行く。恵梨花は悲鳴が出そうになるのを両手で必死に押さえた。

しかし一分と経たずに、恵梨花は自分の口を押さえていた手を離し、女子高生、乙女にはあまり相応しくない、間抜けな声を上げた。咲、梓も同様だった。

「は？」

◇◆◇◆◇◆◇

亮が集団の前に立つと、六人は振り返って一斉に睨んできた。

「なんだ、てめえ？　こいつらの仲間か」

一番手前にいる、茶髪のロンゲで頭が悪そうな顔をした男——亮の主観だが——が苛立たしげに口を開くと、亮は首を振った。

「違う。けど同じ学校のやつらでな。それぐらいで勘弁してやったらどうだ」

すると六人は下品な笑い声を上げ、一番奥にいる短髪の男がからかうような目を亮に向ける。

「なんだ、仲間じゃないのに助けにきたのか？　随分格好いいじゃないか」

そう言うと、またも六人は一斉に笑った。

どうしたらこんなに頭悪そうに笑えるのかと考えていると、またもロンゲの男が言った。

「本当、格好いいじゃないか。けど今、足はぶるって立っているのもしんどいんじゃないか？」

六人は、「かっこいい、かっこいい」と馬鹿にしたように笑いながら、手を叩いている。

なんでこんな馬鹿の相手をしなくちゃいけないのかと頭が痛くなる亮。

「ほめてくれてありがとよ。ほめてくれたついでに、そこの三人もらっていってもいいか」

呼ばれた三人は皆、意識があったようで、ぽかんと亮を見上げている。

「つまんねー、こいつ。この三人よりむかつく。やっちまおうぜ？」

六人がいやらしい笑みを浮かべ、口汚く賛成する。亮は呆れた顔を隠そうともしなかった。

「ちょっと待て。人がせっかく平和的に交渉してやってるのに……どれだけ短気なんだ、お前ら？」

「なんだと、てめえ!!」

「なに上から目線で言ってやがる!!」

「殺すぞ!!」

やはり交渉はこの手の人間には通用しないか、と亮は大きくため息を吐いた――そもそも、あまり期待はしていなかったのだが。

既に数分は経っているから、恵梨花達が奇跡的に言うことを聞いているなら、もう近くにはいないはずだ。でもそれは希望的観測もいいとこだな。

亮は両手を上げる。

「悪かった、悪かった。馬鹿に馬鹿って言うと怒るのは当たり前だよな。言った俺も馬鹿だと思うし。ん……？　ああ、すまん。俺は短気って言ったんだったな。すまんな、つい本音が出てしまった」

お手上げのポーズで悪びれずに亮が言うと、何人かは顔を赤くし、プルプル震えながら亮を睨みつけ、そのうちの一人が叫んだ。

「ブッ殺せ!!」

その言葉を皮切りに、一斉に亮に襲いかかる。亮は恵梨花の願い通り、彼女のクラスメイトにこれ以上被害が及ばないよう、珍しく他人を思いやりながら迎え撃った。

一番手前のロンゲの男が、素人よろしく大きく拳を振りかざす。亮の蹴りの射程距離に入った瞬間、亮の右足刀が視認できない速度で男の腹に打ち込まれる。男の体は後方に吹き飛んだ。

次はピアスの男だ。仲間が弾き飛ばされていることに相手が気づく前に、亮はロンゲの男を追うような形で地面を蹴り、ピアスの男の正面に回って、そのまま腹を蹴り飛ばした。

二人の男が宙を舞う。彼らが地に落ちるより早く亮は走り、一番奥にいた短髪の男の斜め前に到達する。左足で軸を作り、移動の勢いを利用して、右の回し蹴りを放つ。

残る三人は一瞬、亮を見失っていたようだ。

視線を亮に定めた時には、既に三人が蹴られた後だった。亮は焦らずに真ん中にいる男の前まで一足で動き、またも勢いのまま正面蹴りで蹴り飛ばした。

左右にいる男は、そこで初めて亮が目の前にいることに気づいた。彼らはぎょっとしながらも拳を構える。すかさず体勢を変えた亮は、右にいる男には右回し蹴りを、左にいる男には回し蹴りの反動を利用した、流れるような後ろ蹴りを決めた。

六人の男が、地面でうずくまって悶絶していた。亮が最初の蹴りを入れてから十秒と経っていない。気絶していないのは、亮が加減をしたためだ。

助けられた三人は揃って放心している。

亮がちょっと動いたかと思えば、人が飛んでいる。一人目が突然宙を舞ったかと思えば、すでに二人目を蹴り終えた後。二人目が吹き飛んだのに気をとられた後に視線を戻すと、誰もおらず、横から打撃音が聞こえる。振り向いたら、既に人が倒れている。また打撃音が聞こえそちらに目をやると、後ろ蹴りを終えた亮の姿があった。

つまり三人が気づいた時には、自分達に暴行を加えていた六人は既に地面に横たわっていたのだ。

全員が気絶していないのを確認した亮は、間抜けな顔の三人に目を向け、アゴで帰り道を示した。

「行け」

「え？」

三人のうち、比較的体格のいい――そのおかげでダメージが少なかったのだろう――男が素っ頓狂な声を上げた。

「帰れって言ってんだ。後始末はしといてやるから」

その男、岡本は訳が分からないといった表情だったが、ふと亮の胸ポケットに目を留めると、自分と同じ学年を表す青色のラインに気づいて、大きく目を見開いた。

「お、同じ学年の人……？」

岡本の反応に、亮は大きな舌打ちをした。

「おい、学校で俺のことを探したりするなよ。今日のことを誰かに話したりもするな。助けてやったんだから、それぐらい言うこと聞くよな？」

亮がすごんで言うと、岡本は何度も頷いた。

「よし、じゃあ、その二人を連れて、さっさと帰れ」

「は、はい……お、おい、吉田、工藤、立てるか？」

三人は顔のあちこちに傷があり、吉田に至っては歩くのも困難そうだが、幸い立つことが出来たので、肩を支え合いながら歩き始めた。

そこで亮は三人の後姿に声をかける。

「おい、もうこの道を歩くな。さっき言ったことも絶対守れよ」

三人は、「すみません、ありがとうございます」と何度も頭をペコペコさせながら去って行った。

やがて六人の内の一人が少し回復したらしく、忌々しそうに亮を睨みつけた。

「てめえ、何者《なにもん》だ。一体何しやがった」

亮は噴き出しそうになった。

「何者もくそも、どう見てもただの高校生だろ。何をしたかと言ったら蹴っただけだ」

「へえ、そう言うか。さっきの三人もお前の顔も、覚えたからな」

「……何が言いたい？」

「俺達に復讐されるって言ってんだ、お前は。さっきの三人もな。今のうちに俺達をもっと痛めつけたらどうだ？　けど、その分、復讐がもっともっとひどくなるけどな！　ハハハハ!!」

「一応聞いとくが……なんで、あの三人もだ？」

「決まってるだろ、お前の仲間だからじゃねえか！　ハッハハ！」

「……最初に言ったぜ、仲間じゃないと」

「そんなの関係あるか。お前の知り合いってだけで、俺達に殴られるには十分な理由だ」

それを皮切りに、六人全員が甲高い声で笑う。どうやら、全員笑えるくらいにはダメージが回復したようだ。

やっぱりこうなったか、と亮は大きくため息を吐き、頭をガシガシと掻いた。

亮は願った。言った通り、恵梨花達が既に帰っていることを。

――これからの自分を見られないために。

亮は願うのをやめると六人の正面に立ち、ゆっくりと目を閉じた。

すると男達が笑い始める。

「なんだ、もう俺達の復讐が怖くなったのか」

「泣いて頼んだってやめねーよ」

亮はギリッと奥歯を噛む。

——くそ野郎ども。

「あと十人は増やしてお前とさっきの三人、追い込んでやるからな～」

亮は無理矢理怒りを募らせる。

——思い込め。

「アーハッハッハッハ！」

亮は殺意をかき集めた。

——こいつらは殺すべき人間だと。


亮が目を開けると、男達は馬鹿笑いをやめた。

そして、寒くて仕方がないといったように、彼らは自分の手で自分の体を抱いた。

なぜ、そんなことをしたのか——それは彼らの体が小刻みに震えているから。

なぜ、震えているのか——それは彼らの目に恐怖、怯えが宿っているから。

なぜ、怯えているのか——それは目の前の男が間違いなく、自分達を殺そうとしているから。

亮は自身のもつ意識をほぼすべて殺意で固め、自身の持つ最大の殺気を放った。「殺気」と呼ぶには強すぎるそれは、近づくだけで自分が殺されるイメージを湧かせるのに、十分なものだった。

男達は歯をガチガチと鳴らし、腰が引けて立つことも出来ず、恐怖のあまり後ずさった。

亮はわずかな理性を残した暗い目を、手前の男に向けた。

「おい」

「ひ、ひいい」

男は情けない声を上げて、亮から少しでも離れようとするが、余りに震えが大きく体が言うことを聞かない。

「俺に、何を、する、って?」

止まることのない殺意は、亮の最後の理性をも奪おうとする。

理性が殺意に押し潰されないよう意識を集中させているため、発する言葉が途切れ、ぎこちない。

「す、す、す、すみません！」

男は震える口を無理矢理動かして、なんとか謝罪の言葉を絞り出した。

彼だけでなく、声をかけられていない男達もみな、先ほど口にした悪態に、自分の人生の中で間違いなく一番の後悔を感じているようだった。

しかし、亮は目の色をまったく変えず、なおも迫る。

「なんで、謝る？　俺と、三人に、復讐、するん、だろ？」

「し、しません！　ぜ、絶対に！　あ、あなたにも、三人にも!!」

「なんで、しない？　ああ……そうか」

ここで言葉を切った亮はゆっくりと口端を吊り上げて、そこに歪《いびつ》な笑みを作った。

その様に男達は息を呑む。

「今、ここで、死ぬ、からか」

六人の男が、自分は間違いなくこの男に殺されてしまう、そんな絶望感を露わにする。その直後、亮が右手で自分の頬を、周りに音がハッキリと響くぐらいの強さで殴った。

突然、自身を殴るといった亮の不思議な挙動に、男達は恐怖を忘れたように目を丸くする。

亮は右手を下ろし、息を大きく吸い、そしてゆっくりと吐きだす。

「死にたくなかったら、すぐにこの場から失せろ。もう二度と俺の視界に入ろうとするな。あの三人も同じだ。ここにも二度と来るな」

先ほどより、理性を取り戻した目を向けられた六人は、気力を振り絞るようにして立ち上がる。

返事が聞こえなかった亮は、六人を強く睨んだ。

「分かったのか？」

六人は跳び上がらんばかりに驚き、口々に、「すみません」「絶対に来ません」「ありがとうございます」などと口走りながら、震える足を無理に動かして、一目散に走り去って行った。

——終わった。

一息吐き、亮は目を閉じ、空を見上げるように顔を上げた。

自然と湧き上がる殺意なら、対象を壊すために体を動かせば、大抵収まる。

しかし、脅すためだけに無理矢理呼び起こしたそれは、暴れる衝動に従って体を動かすことが出来ないため、抑えるのが難しい。

――鎮まれ、静まれ。

目を閉じたまま、ゆっくりと深呼吸を繰り返す。

少し落ち着いたかと思ったところで、背後に三人の女の子の気配を感じた。

(やっぱり、帰ってなかったか……これで終わるな)

殺気と怒りが残っているせいで、悲しみが今のところは少ない。けど、後になって襲ってくるんだろうと思いながら、振り返らず、目を閉じたまま亮は告げた。

「先に、帰れと、言ったはずだ」

少しでも殺気を静めようと歯を食い縛ったせいで、先ほどのように口調が硬くなってしまった。

気配だけで、後ろの三人が一瞬、息を呑んだのが分かった。

「頼むだけ頼んで、自分だけ帰るなんて出来ないよ。怪我したようには見えなかったけど、大丈夫？」

想いを寄せる女の子の声が聞こえ、この後のことを考えて胸が痛んだ。

「まあ、俺も本気で帰ってくれるとは思ってなかった。帰ってくれってのは、俺の願望だからな……」

亮の言葉には自嘲の響きがあった。

「桜木君、いい加減こっちを向いてくれない？　このままじゃ、謝罪も感謝も出来ないじゃない」

梓の声を聞いて、そう言えば、なんで恵梨花を避けるのかって話が途中だったなと思い出した。

今なら隠す必要がなくなったと思い至った亮は、なら話すか、と目を開けて振り返る。

そこには、目を見開く恵梨花、上半身を思わず引いてしまった梓、放心したように尻餅をつく咲がいた。

三者三様の驚きを見せているが、共通しているのは、目に恐怖を宿していることだった。

亮は収まり切らない殺気を出来るだけ静めながら、ゆっくりと梓に目を向ける。

梓は少し身じろぎしたが、構わず亮は声をかけた。

「なんで避けるのか聞いたな」

恵梨花が訝しげな目を梓に向けるが、それに気づいた様子もなく、梓は少しビクッとなり、震える喉を叱咤するようにして、小さく頷いた。

「え、ええ」

亮は自嘲気味に笑い、両手を広げながら言った。

「これを避けたかったから。こんな事態に遭遇して、今みたいな俺を見られて、そして、今みたいにあんた達が、恐怖の目で俺を見る。明日から俺を見ては目を逸らし、俺から逃げるようになる。そんなあんた達を見たくなかったからだ。だから避けた」

「そ、そんな……」

梓は反論するように声を上げようとしたが、途中で小さくなって消えた。

ここまで来て、やっと亮が恵梨花を避けていた一番の理由が分かったのだろう。恵梨花に、好きになった女の子に、畏怖の目で見られたくないということが。

梓が反論できないのは、彼女自身が恐怖を隠し切れていないから。

亮の苦笑している顔はいつもと同じなのに、未だ吹き荒れる殺気が、その顔を冷たいイメージに変えてしまっている。

「別にあんた達を責めるつもりはない。そんな目で見られてしまうのは、俺のコントロールが悪いからだ……けど、俺だってまだガキだからな。少しは傷つくもんだ。特に……」

途中で言葉を切って、恵梨花を見る。目が合った恵梨花は真っ直ぐに見返した。

亮は続きを言わなかったが、梓と咲には亮が何を告げようとしたのかすぐに分かっただろう。好きな女の子に怯えた眼差しを向けられたくない、と。

亮は思いを振り切るようにして恵梨花から目を離すと、梓に向けて肩を竦めた。

「まあ、これで中途半端は終わりだ。終わらざるを得ないだろ。明日からはもう会わないし、連絡もしない。お互いそっちの方がいいだろう？　じゃあな、気をつけて帰れよ」

言うだけ言うと踵《きびす》を返して、足早に歩き始める。

（終わったな。屋上で四人で昼飯食べるのはけっこう楽しかったんだけどな……まあ、いいか。元の生活に戻っただけだ。俺が自分の殺気をコントロール出来ないのが悪いんだから）

亮が歩きながら自嘲していると、誰かが走ってくるのが分かった。その誰かはすぐ横を過ぎて、亮の方を向き直った。

恵梨花だ。肩で息をし、眼は怒りの炎が燃えるように、爛々としている。

亮は目を丸くした。

恵梨花はそんな亮を腹立たしげに見やり、右の手の平を大きく振りかぶった。

「ふざけないでよ！」

亮の左頬に恵梨花の張り手が見事に決まる。

自分の殺気のせいで、まともに動けないだろうと思っていた恵梨花が目の前まで走ってきたことに驚いた亮は、避けることもいなすことも忘れて、ビンタを食らってしまった。

恵梨花はさらに左の手を振り上げた。

「何がお互いのためよ!!」

呆然としたままの亮は、またも動けなかった。右の頬に焼け付くような痛みが走ったが、それでもあっけに取られたままだ。

恵梨花はまた、右手を振り上げた。

「人の気も知らないで!!」

左頬に衝撃が走る。目の前を少しチカチカさせながら、亮は恵梨花に何かを言おうとしたが、言葉が出てこない。

「勝手な――」

恵梨花は少し身を屈め、右足を引いている。何をしようとしているのか分かった亮は慌てた。

「ちょ、まっ……」

「――こと言わないで!!」

亮が言い終わらないうちに、恵梨花の前蹴りがドスッという音と共に亮の腹部を直撃した。口からゲホッと息が漏れ、体がくの字に曲がる。下手に避けると恵梨花が転倒するかもと考え、そのまま蹴りを受けてしまった。

(何で、スパッツはいてんだ……じゃなくて!)

大きく足を上げた恵梨花のスカートは見事に翻《ひるがえ》り、その中身がバッチリ見えた。以前のように下着が見えなかったことに落胆を覚えてしまうのは男の性《さが》か。

それよりも、亮はこれ以上殴られるのは勘弁とばかりに、急いで声を上げた。

「ちょ、ちょっと待て!」

「何よ!」

怒りの形相で怒鳴る恵梨花に戸惑いを覚えつつ、さっきから疑問に思っていることを口にする。

「あ、あんた、俺が怖くないのか!?」

「怖かったわよ!」

当たり前でしょうと言わんばかりの恵梨花だが、その答えに亮は違和感を覚える。

「かった？　じゃあ、今は……？」

「怒ってるのよ‼」

「ああ……うん、そうだな」

迫力に押され、宥めるように両手を突き出しながら、確かにそうだなと亮は頷く。

「でも、それよりも！」

相変わらずの剣幕で言うと、恵梨花はブレザーのポケットに手を入れようとする。亮はその動きにつられるように恵梨花の左手を見た。するとそこに血がついているのに気づき、慌てて恵梨花の手を掴んだ。

「あ、あんた、血が出てるじゃないか。いつ怪我したんだ、大丈夫か⁉　もしかして、あいつら……」

六人が逃げる時に恵梨花に何かしたのかと考えた亮は、またも怒りが湧き上がりそうになる。対して恵梨花は呆れた顔を見せた。

「やっぱり、気づいてなかったの？　これ、桜木君の血だよ。ここ」

そう亮の右頬を指差す。つられて自分の頬に触ると、亮は口から血が垂れたような跡があるのが分かった。

「え？　あ……あん時か」

六人を脅している時に自分の理性が消えていくのを防ぐため、自分で自分の頬を殴ったことを思い出した。

それと同時に、右頬へのビンタが妙に痛かった理由にも納得する。

口の中が切れていれば、それも当たり前だ。

自分の血を見下ろしている亮に恵梨花が顔をしかめる。

「ちょっと上向いて、拭いてあげるから」

「あ、ああ……」

言われた通りに見上げるようにすると、恵梨花はポケットから取り出したハンカチで、亮の頬から首筋までを拭きだした。

距離が近いことにドギマギしながらも、亮は終わるまで、おとなしくしていた。

拭き終った恵梨花は、眉根を寄せてため息を吐いた。

「怪我したようには見えなかったのに、振り向いたら血が出てるから、驚いて心配した」

「心配した……？」

言葉の意味が、よく分からないといった感じで呟く亮を、恵梨花は訝しげに見上げる。

「心配したらおかしい？」

言っていることはおかしくないのだが、亮は何かが腑に落ちない。

「い、いや……その割にはかなり殴られた気が……いや、何でもない。それより、さっきの俺は怖くなかったのか？」

心配された割に随分と殴られたことを指摘しようした亮だが、かつてないほどの剣幕で睨まれ、言うのをやめた。

「怖かったわよ……目を見た時は、一瞬、本気で殺されるのかと思った」

一瞬、痛みを感じたような目をした恵梨花だったが、決して亮から目を逸らさなかった。

「じゃ、じゃあ、なんで？　その、怖かった俺を見て……避けたくならないのか？」

亮は自分で言いながら胸が痛くなり、声が震えそうになった。

「何言ってるの？　怖いって言っても、それは桜木君のただの一面でしょ？」

「……一面？」

「そう、誰だって怒って怖くなるときなんかあるじゃない」

「た、確かにそうだが……」

自分の出す殺気は、別の人が怒った時とはまるで違う。それをほんの一面だなんて言う、目の前の女の子が亮には信じられなかった。

「さっきの怖い桜木君が全部じゃないじゃない。私の知ってる桜木君は、面白くて、変なとこがあって。そして一番桜木君らしいのは、私が怪我して血が流れているのかとすぐに心配してくれた、そんな優しいとこでしょ？」

「………」

自分はそんな優しくないだろうと思いつつ、亮は黙って耳を傾ける。

「さっきの桜木君は確かに怖かったよ。でも、それよりも、血が流れてるのを見て、私は心配した」

「怖かった……けど、心配した？」

亮は怖々と、恵梨花の表情を窺うように聞いた。

「そう。そして、今は怒ってる……何⁉　さっきの、もう会わないって⁉」

恵梨花は突然先ほどの剣幕に戻り、亮に詰め寄る。

だが、亮は一つ前の恵梨花の言葉が頭の中で何度も回り、思わずもう一度聞いてしまう。

「いや、え？　怖い……より、心配した？」

「だから、そうだって、さっきから言ってるじゃない！　会わないって何なの⁉」

恵梨花の口調は荒く、返答次第では許さないと言わんばかりだ。

しかし、亮は焦ることもなく、ただマジマジと恵梨花を見て、目の前の女の子が口にした言葉の意味を反芻《はんすう》していた。

怖かったけど、心配した。怖いより、心配した。

それはつまり、亮の殺気に恐怖を感じたが、亮の血を見て、その恐怖は心配に塗りつぶされた。

自分が殺されるかも、と思ったが、それより血を流している目の前の自分を心配した。

そういうことなんだと理解した亮は自分の額に手を当て、上空を仰いだ。

(すごいな、この子は……どんだけ優しい子なんだよ)

亮は自分が一番恐れていたことから解放されたのではないかと、体中から力が抜けていくようだった。

恵梨花は明日自分を見ても、怯えて目を逸らしたり、避けたりしないだろう。自分の殺気は、彼女にとってはただの一面に過ぎない。自分の殺気などものともしない優しさを、持っている。

自分がもう会わないと言ったら、あれだけの怒りを見せた。明日からも今までと同じように自分と接するだろう。そういうことなのだと、亮はようやく悟った。

「ねえ！　何で黙ってるの⁉　私の質問に答えなさい‼」

(またどっかのお母さんみたいになってる……そう言えば、母さんが怒った時の剣幕に似てるかもな)

恵梨花の口調に、前に二人でデートをした日を思い出した。

黙って何も言わない亮に、恵梨花が険しい目を向けていると、亮の体が小刻みに震え始めた。

ついには、ぷっと噴き出し、我慢できずに大声で笑う。

突然のことに恵梨花は呆気にとられたようだが、すぐに怒りを復活させた。

「ちょっと、何で笑ってるのよ‼」

恵梨花が怒鳴っても亮の笑いは止まらない。苦しそうに体を折り曲げている。

恵梨花が困惑するのも仕方のないことだろう。

「……愛って、すごいね」

梓は首を振りながら、隣で尻餅をついたままの咲に呟くように言った。

「うん」

小さな咲の声には、まったくそうだという感情が強くこもっていた。

亮の笑いはどんどんエスカレートして、ついに立つことが出来なくなったようで、地面を手で叩き、苦しそうにしている。

困惑していた恵梨花だが、もう捨て置けないといったふうに怒鳴った。

「もう、何なのよ！　さっきから笑って!!」

亮は目尻に溜まるものが、笑い過ぎたために出ているのか、嬉しくて出ているのか分からなかった。気持ちを静めようとしながら、立ち上がって目を拭い、呼吸を整えながら恵梨花に向き直る。

「ああ、すまん……ちょ、ふ、ゴホッ、ゴホッ……うん、すまん」

「いきなり笑って何？　私のことバカにしてる？」

冷ややかな目の恵梨花に、一瞬きょとんとした亮だが、すぐにふっと笑った。

「いいや、惚れ直したところだ」

「え？」

恵梨花がきょとんとする。しかしすぐに、亮の言葉と視線に反応して顔を真っ赤に染めた。

「そ、それって……？」

その変化を面白そうに眺めていた亮は、問いには答えず、恵梨花の頭にポンと手をのせる。

「ちょっと、待っててくれ」

そう言うと、梓と咲の二人に向けて少し大きめの声を上げる。

「そっちに行きたいんだけど、行っても大丈夫か？」

二人が頷くのを確認した亮は、頭にのせられた亮の手に両手で触れている恵梨花を横目に、ゆっくりと二人に足を向ける。

行っても大丈夫かと聞いたのは、亮が近づいても恐怖を覚えずにその場にいられるかの確認だ。

二人の傍まで行った亮は、まだ尻餅をついたままの咲に手を伸ばした。

「怪我してないか？」

咲は一切の躊躇いもなく亮の手をとり、首をフルフルと振りながら立ち上がった。

梓は不機嫌そうに眉をひそめていて、亮はばつの悪そうな顔で、頭を下げた。

「怖がらせて、悪かった」

「君から謝罪を受ける前に、こちらからの謝罪を受け入れてくれる？　こちらが頼んだ行動の結果なのだから、私は君をあんなふうに見るべきではなかったわ——ごめんなさい」

頭を下げる梓の横で、咲が亮の袖を掴んで、ハッキリとした声で言った。

「ごめんなさい」

亮は二人の謝罪に困り、頭を掻く。

「いや、あんな反応になるのは当然だと思うぞ。むしろ、あんたらは反応が薄いと思ったぐらいだ。もっと怯えていても、俺は驚いてなかった」

梓は下げたままの頭を振った。

「それでも、君を傷つけたことに変わりはない。どうか、私の謝罪を受け入れて」

咲は袖を掴む力を強くして、こちらを見上げている。

「分かったから、頭を上げてくれ。そして、もう一つ、俺は謝りたいことがある……勝手にあんた達はこうなるんだと決めつけ、俺の言い分のみで、全てを終わらせようとしたことを——」

途中で言葉を止め、亮はゆっくりと梓、咲の二人と順に目を合わせた。

「許してくれ」

咲と梓が頷く。

「まったく、言いたいこと言って、さっさと行こうとするから……でもまあ、私も何も言い返せなかったし、追いかけることも出来なかったし。おあいこね」

亮は安心すると、怖々《おずおず》と聞いた。

「それで……だ。今は、大丈夫か？　俺と向き合うのが怖いとか……」

梓と咲は、揃ってきょとんとお互いを見やり、小さく笑う。

「君と恵梨花のやり取りを見ているうちに、そんなのはすっかり……それに、気づいてない？」

「何がだ？」

「さっき、向き合っていた時にはあった素人目でも分かる殺気が、綺麗に消えているのを」

驚いた亮は、確かに殺気や殺意が綺麗に消えているのを自覚した。あと三十分は残っていると思っていたのに。

「殺気がいつから消えたか、分かる？」

「いや、分からん」

「恵梨花に殴られた時よ」

亮は目を丸くし、思わず自分の頬に触れる。

「あの時、パチンッという音と一緒に綺麗に消えた。君の背中からも感じられた冷気が、一瞬で。まるで、恵梨花のビンタがとても強い暖かい風を運んで、それによって吹き飛ばされたみたいに」

亮はポカンと口を開けて咲に目をやると、咲も同意するようにコクコクと頷く。

「ハッ、ハハハハハッ……！　フッフッ……何て女だ」

「また、惚れ直した？」

悪戯っぽく聞く梓に、亮は不敵にニヤッとする。

「そうだな」

三人は皆明るい顔をして笑った。梓はいつものニヒルな感じではない。咲も小さいが、声を上げていた。

そこで恵梨花が、黙っていられないと、三人のところに駆け寄る。

「ちょっと！　いつまで、私を放っておくつもり!?」

「悪い。あんたを放っておくつもりはなかったんだ。ただ、もうちょっとだけ待っててくれ」

恵梨花は不満を表すように、唇を尖らせてすんと横を向いた。

そんな恵梨花を優しい目で見ていた梓が、ふと気づいたようにして亮に声をかける。

「そう言えば桜木君……」

そこで亮は、梓の言葉を遮るようにして言った。

「亮でいい」

「え？」

意味が分からなかったようで、梓が聞き直すと、亮は照れ臭そうに横を向いて肩を竦めた。

「友達はみんな俺のことは亮って呼ぶからな……亮でいい」

「じゃあ……私達は君の友達になれたわけだ」

「まあ……あんた達が明日からも、俺を見て避けたりしなければな」

まだ照れて頬をポリポリと掻く亮に、梓は少し呆れたような目を向けた。

「なに？　君は、しょっちゅう、あんな物騒な気配を撒き散らすつもり？」

「まさか！　学校の人間に見られたのは今回で二回目だ」

「二回目？　ああ、だから……いえ、いいわ。それより、また物騒な気配が出たら、恵梨花に止めてもらうことにするわ」

梓は少し思案顔となったが、最後は悪戯っぽく笑ってみせる。

すると亮はチラッと恵梨花を見て、小声で言った。

「そうだな。まあ、ないようにするが……さっき何か言いかけなかったか？」

「同じ話よ。なんで名前で呼んでくれないの？」

「へ？」

亮が何の話かといった顔になると、そこではっとした恵梨花が、黙っていられないとばかりに亮を問い詰める。

「そうよ！　さっきは名前で呼んでくれたのに、なんで、また元に戻ってるの!?」

思わぬ勢いの恵梨花に亮は面食らいながらも、確認するように目を向けると、梓は頷いた。

「そう。さっきあの三人を助けに行く前に、急に人が変わったように、私達全員を名前で呼んでいたんだけど……覚えてない？」

「あんた達三人の名前を？　俺がか？」

三人が揃って肯定すると、亮はしばらく考え込んだ後はっとした。

「ああ……俺って急いでいる時とか、咄嗟の時とか、そんなふうになってしまう時あるな」

「じゃ、じゃあ、もう名前で呼んでくれないの？」

焦ったような恵梨花に、亮は首を横に振る。

「いいや。もう呼ばないとか、そんなんじゃ、ないけど……」

「じゃあ、名前で呼んでよ！　いつも、私のこと、あんたとかしか言わないじゃない!!」

気にしていたのだろうか、必死な恵梨花に、亮は頬をポリポリと掻くことしか出来なかった。

「いや、別にいいんだけど……癖だからな」

梓が不満そうに眉をひそめる。

「癖だか知らないけど、一度言ったんだから、これからはしっかりと名前で呼んでちょうだい」

「分かった。気つけるよ」

途端に恵梨花の顔がぱあっと明るくなり、さらに何かに気づいたように亮に聞いた。

「ねえ、私は？」

「何が？」

「私も桜木君のこと、名前で呼んでいいの？　友達として！」

亮は梓、咲の二人と視線を交わしてから、再び恵梨花と目を合わせる。そして首を横に振った。

「それは嫌だな」

「なんで!?　なんで私だけ名前で呼ぶの嫌なの!?」

ガーンとショック顔になった恵梨花が抗議するように迫るので、亮は苦笑しながら手を振る。

「違う。名前は別にいい。嫌なのはそこじゃない」

「え？」

「友達としてってところがだ」

「えっと？　どういう……私と友達だと嫌なの!?」

「まあ、そうだな……って違う、そういうわけじゃない！」

途中で恵梨花の目が潤み始めたため、亮は慌てて言った。

「じゃあ、何……？」

「それを説明する前に、先に言っときたいことがある。さっき……もう会わないとか、避けるとか、連絡しない、って言ったことだけど」

そこまで亮が言うと、恵梨花ははっとなった。

「そうよ！　忘れてたわ！　何なの、それ!?　やっぱり私のこと嫌いなんじゃ……」

「違う。なかったことにしてくれ」

「え？」

「会わないとか、避けるとか、連絡しない、って言ったことを……聞かなかったことにしてくれないか？」

「いきなりあんなふうに言ったことを？」

「そう」

「いいけど……でも、なんであんなこと言ったの？」

恵梨花は不承不承ながら頷いた。

「怖がらせたら……明日から、目を逸らされたり避けられたりするんだと思って……だから、もう会わないと言った」

恵梨花は、険しい顔で亮を見る。

「……私、目を逸らすなんて、言った？」

「いいや」

「避けるなんて、言った？」

「いいや」

「会いたくないなんて、一言でも言った？」

「言ってない」

三度亮が否定すると、恵梨花は毅然として顔を上げ、睨むように言った。

「二度と、そんなこと決め付けて、勝手なこと言わないで!!」

「言わない……許してくれ」

「……分かった。それで、さっきの嫌ってどういう意味？」

「結構、分かりやすく言ったつもりなんだけどな。友達としてってのが嫌なだけ……俺がな？」

恵梨花が眉根を寄せると、横から梓が口を挟んだ。

「恵梨花、さっき、彼はなんと言ってから、こっちに来たっけ？」

恵梨花は宙を見上げるようにして少し考えると、すぐにボッと顔を赤くして俯いた。亮は恵梨花の変化が面白くて、からかうように声をかけた。

「分かったか？」

亮の『惚れ直した』という言葉を思い出し、真っ赤な顔のまま視線をキョロキョロと動かす。

「えっと……え？　でも」

亮は目線を合わせない恵梨花の肩を掴んで、目を覗き込むようにして言った。

「俺は、あんたが……恵梨花が好きなんだ」

恵梨花は、口をパクパクとしている。そして思わずといった様子で、自分の肩に置かれた亮の手を握った。

「ほ、本当に？」

潤んだ瞳で、上目遣いで自分を見上げる美少女に、うっと腰が砕けそうになる。

「本当に」

途端に、恵梨花の目から涙が溢れて流れ落ちる。

亮は泣いた恵梨花に焦り、流れた涙を手で追ってしまう。いつの間にか亮の右手は恵梨花の頬にあった。

恵梨花は少し驚きながらも、自分の手を亮の右手に重ねた。

「私もあなたのことが好きです」

恵梨花にハッキリと告げられたことで一瞬呆然とするが、やがて言いようのない嬉しさが込み上げてくる。

恵梨花しか見えなくなった亮は、彼女に聞こえるのではと思うほど、自分の心臓が強く脈打つのを感じた。

見つめ合うこと数秒、時が止まった二人を元に戻したのは、やはりこの人だった。

「オッホン」

梓が片手を口に当て、これ見よがしに咳払いをしたのだ。跳び上がりそうな勢いでビクッとなった二人は、重ねていた手を慌てて放す。手に携帯を構えている梓と咲。

「いいの？　キスシーンまで、撮っちゃって」

「い、いや、キスって!!」

「そ、そうよ！」

梓は片眉を上げる。

「そう？　頬に手を当てて、今にもしそうだったけど？」

「う……！」

否定し切れず、言葉に詰まる亮。確かに梓と咲がいなければ、してしまったかもしれない。

そんな亮を見て、恵梨花は少し残念そうに俯く。

「あ、そう言えばな、何であの三人を助けないようにしていたか、話してなかったよな？」

亮は無理矢理話題の方向転換を試みた。

「そういえば何故、あそこまで助けないって？」

梓は呆れながらも、亮の話に乗ってくれるようだ。

「そうよね。桜木君ならすぐに助けに行ってくれると思ったんだけど」

恵梨花の前に、梓が待ったと言わんばかりに手を突き出した。

「恵梨花、違うんじゃない？」

いきなりなんのことかと困惑する恵梨花に、梓は眼鏡の位置を整えながら言った。

「なんで、桜木君って呼んでるの？」

「え？　あ……」

その指摘に再び顔を赤くした恵梨花は、恥ずかしげな視線を亮に送る。

「じゃあ、恵梨花、呼び直しましょうか？」

小悪魔の如き微笑を浮かべる梓と居心地悪そうにしている亮を交互に見てから、恵梨花は少し俯き加減に目線を上げた。

「りょ、亮……くん？」

「え？　くん？」

てっきり呼び捨てで来ると思っていた。

「え？　変……かな？」

恵梨花が小首を傾げ、亮は少し考える。

「いや……まあ、いいか。呼ばれ慣れてないから、くすぐったいだけかな？　呼び捨てにしたい時は勝手にそうしていいから」

すると恵梨花は、嬉しさと恥ずかしさが入り混じった表情で、期待に満ちた目を向けてきた。

「じゃあ、亮……くんって呼ぶね？」

「ああ……いいよ」

(なんなんだ、この可愛い生き物は!!)

無意識に了承してしまい、心の中で絶叫しながら、亮は悶え暴れそうになる体を抑えた。柱か壁があれば、頭をガンガンと叩きつけていたかもしれない。

そんな亮の心中など知る由もない恵梨花は、嬉しそうに微笑んでいる。

「さて、亮くん。恵梨花から名を呼ばれたんだから、君も恵梨花の名を呼ばないと」

恵梨花の羞恥などどこへやらといったふうに、梓があっさりと亮を名で呼びかけると、亮は間抜けな声を上げた。

「え？」

「え、じゃない。君もここで恵梨花の名を呼んで、お互いの呼び名を確認したらいいじゃない」

無表情に言っているが、亮は直感で梓が楽しんでいることが分かった。

遊ばれてたまるかと、恵梨花と目を合わせた亮はアッサリと実行した。

「恵梨花」

「はい」

恵梨花は嬉しそうにはにかむ。すかさず視線を走らせると、梓が小さく舌打ちをした。亮は思わずニヤリとする。

そんな亮に気づいた梓は、忌々しげに手を振って話題を元に戻した。

「さっきの話の続きは？」

「ああ……そうだな」

亮はまたも脱線していたことを思い出し、続きを切り出す。

「まず、第一にだな、俺は男を助ける気は基本ない」

真面目な顔をしていた三人の体が、どこか力が抜けたようになった。

「変に誤解するなよ？　女の子なら助けるが、下心があるからってわけでもないのは、分かるだろ？」

この言葉には三人も目に納得の色が浮かべる。

確かに亮に下心があって恵梨花を助けたのなら、梓も恵梨花も亮に対してここまで関心を持たなかっただろう。

「まあ、そこは嘘ではなさそうね。恵梨花の例もあるし」

「でも、どうして男の子だと助けないの？」

不思議そうに聞く恵梨花に、亮は肩を竦めた。

「男なら自分の喧嘩は自分で面倒見るべきだな、俺としては。さっきも言ったけど」

「でも、いきなり絡まれたりした場合とか、かわいそうじゃない？」

さっきの三人が殴られた様子を思い出し、自身にも置き換えてしまったのか、恵梨花は痛みを感じたように眉をひそめた。

「まあ、何もしてないのに絡まれたりしたら、確かにそうかもな。でも、次からはそうならないように、気つけるようにはなるだろう？　それだけでもいい経験じゃねえか」

「う、う～ん……そうかもだけど、やっぱり、かわいそうよ」

「ほんと、あんた……恵梨花は優しいよな。けど、その優しさは時に、男を落ち込ませるだけの時だってあるんだぞ？」

亮が咄嗟に呼び直したのは、『あんた』と言った瞬間に梓に睨まれ、恵梨花も不機嫌そうに眉根を寄せ、咲はじっと見てきたからだ。

梓が聞く。

「散々殴られた後に女の子に助けられるのは、やっぱりこたえるから？」

「まあ、そうだ。あの時俺が行かず、あんた達が行って奇跡的に助けることが出来ても、三人は泣きたくなるほど、情けない気分になるだろうな。まあ、それをバネにして頑張るのもアリだとは思うがな、俺は」

「男の子って……」

そう首を振る恵梨花に、梓が苦笑交じりに頷く。

「確かに、好きな女の子にあの場面で助けられたら相当こたえるでしょうね」

そこで、亮が悩ましげに言った。

「やっぱり、恵梨花に行かせとけばよかったかな」

「ええ!?　なんで!?」

驚く恵梨花に、梓が笑いかける。

「分からないの、恵梨花?　三人が恵梨花のこと好きな男だって聞いて妬いてるよ、亮くん」

亮は頭をガシガシと掻きながら、恵梨花から視線を逸らした。

「それでだ。これが一番の理由なんだが……」

気恥ずかしさを隠すようにして口を開く亮に、三人は耳を傾けた。

「今日、俺があいつらをシメて、あの三人を助けたわけだが……それで終わると思うか?」

梓ははっとなった。

「復讐に来るってこと?」

恵梨花と咲は同時に目を瞠《みは》る。

「そう。俺が倒したあの六人は、俺に復讐したい。それだけでなく、俺の仲間と思われる、あの三人も痛めつけてやりたい――」

「だから、君は放っておくべきだと言ったの?」

「そうだ。三人がやられた後なら、尚更な。放っておいても終わる。バカな高校生といえども、殺しまではしないだろ。怪我してそれで終わり。あの三人が復讐なんて考えなければ、それで終わるんだ。あの六人だって、あの三人には特に関わろうとはしないだろ」

「亮くんが助けると、あの六人が復讐しにこの辺をうろつくから――終わらなくなるから?　だから助けようとしなかったの？」

亮の名を呼ぶ時に未だ少し恥ずかしげな恵梨花。

亮は、少し体が熱くなるのを感じる。梓に呼ばれてる時とはまるで違うなと思いながら頷いた。

「そう。下手に介入すると、人数を増やしてこの辺をうろつくようになるぞ」

恵梨花が慌てて顔を上げた。

「え!? じゃあ、大変じゃない!?」

「落ち着けって。下手に介入したらの話だ」

「え？」

もの言いたげな恵梨花の横で、梓は少し安心した様子を見せた。

「君は下手に介入してないのね？」

「まあな……助けに行くって言ったろ？ 中途半端にやってない」

梓は逡巡したが、やがて口を開いた。

「だから、あの殺気？」

それを聞いた恵梨花は少し悲しげに眉尻を下げ、咲は目を伏せる。

「まあな。復讐心を抑える方法としては、泣いて謝るほど徹底的にいたぶる体罰的な方法か……」

「脅しね」

梓が先を言うと、亮は頷いた。

「そう。体罰的な方法は俺の趣味じゃない。何より、六人相手にそれもめんどくさい。加減を間違えたらやっぱり、復讐しにくるからな」

「だから、あの殺気で脅したの？」

「ああ、あの連中には、俺が殺人鬼に見えただろうよ」

自嘲気味に言うと、恵梨花がすっと動いて目の前に立った。

「亮くん、そんなふうに自分を卑下しないで」

優しく、そして強く届くその声は、言葉の内容以上に亮を戸惑わせた。

「いや、俺は……」

「嘘。亮くん、もしかしてまだ自分が悪いことしたと思ってる？」

「いや、だって、あんたらを怖がらせてしまったし……」

困ったように亮が言うと、恵梨花の目に怒りが見えた気がしたが、それはすぐに消え、切なげに呟いた。

「女の子だし、怖がるのは当たり前だと思わない？　亮くんだって」

「……まあ、そうだな」

「なら、いいじゃない」

亮が小さく頷くと、恵梨花は何でもないように笑って見せた。

「え？」

亮の頬に、恵梨花はゆっくりと右手を伸ばし、優しく微笑んだ。

「実際、私達は怖かったよ？　でも今、私達は怖がってない。亮くんが恐れていた事態になってしまったかもしれないけど、それは私達が亮くんに無理を言ったから。私達が頼んで、それで勝手に怖がっただけ……それだけなの。だから、亮くんは気にする必要ないの」

恵梨花の言葉は、何故だか亮の胸にストンと落ち、未だ亮の内にこびりついていた恐れを綺麗に砕いたような気がした――代わりにとても温かいものを残して。

亮はふっと笑みを浮かべて言った。

「なんであんたは、欲しい時に欲しい言葉をくれるかな」

恵梨花は悪戯っぽく微笑む。

「彼女の特権？」

亮は噴き出しそうになるのをこらえると、引っ張られるように恵梨花に手を伸ばした。

突然抱き寄せられた恵梨花は驚きで少し身を固くするも、すぐに目を閉じて亮の背に腕を回す。

信じられないほどの安心感に包みこまれるような感覚を覚えた亮は、衝動的に強く、しかし、優しく恵梨花を抱きしめた。

亮が目を閉じて、恵梨花から伝わる温もりや柔らかさに浸っていると、腕の中の彼女がもぞもぞと動き、つま先立ちになる。何だ？　と目を開けようとすると、頬に柔らかい何かが触れた。

一瞬何が起こったのか分からなかったが、すぐに答えは出た――キスをされたのだと。

口を半開きにして固まる亮に、恵梨花が微笑んで見せる。

「三人を助けてくれたお礼」

かあっと赤くなり、目の前がくらくらする。

このまま抱きしめていると、自分が何をしでかすか分からないと感じた亮は、名残惜しさを堪えてゆっくりと手を離す。そこで、思い出したようにはっとなって、視線を走らせた。

「どうしたの？」

恵梨花もつられて首を回し、「あっ」と声を上げた。

それも無理はない。何故なら、焦って振り向いた先の梓と咲が、二人してこちらに背を向けていたからだ。写真も動画も撮らずにいる。今までの行動パターンからしたら、信じられないことだ。

ただ、毅然としたものを感じさせる梓の背中に、亮は何故だか、借りは返したと言われたような気がした。

首を傾げて恵梨花に目を向けると、何か納得することでもあったのか、亮ほどには不思議そうでなかった。目が合うと、亮は口に手を当てた。

「ゴホン」

それを合図に梓と咲が揃って振り返る。

梓は何事もなかったかのように、無表情で亮に問いかけた。

「さっきの話の続きだけど、今日君がのした六人については、もう心配しなくていいのね？」

からかってこないことが意外で、亮は面食らってしまう。

「あ、ああ。あの三人も襲われる心配はないはずだ」

三人の美少女がほっと息を吐き、梓が頭を下げる。

「君の話を聞くと、助ける必要は確かになかったかもしれないけど、私達の頼みを聞いてくれて――

それであの三人を助けてくれてありがとう」

「亮くん、ありがとう」

「ありがとう」

恵梨花も咲もそれに倣った。

妙に気恥ずかしくなった亮は、そっぽを向きながら手を左右に振る。

「もう、いいって。結果的にはむしろ、俺が一番得したと思ってるし」

亮は本気でそう思っている。殺気を出した自分を見ても、一緒にいてくれる。

それはこれ以上ないほど嬉しいことだ。さらには初めて好きになった女の子と、想いが通じ合っていることが分かった。

人生最良の日であると言っても差し支えない。

そんな亮の気持ちが伝わったのか、三人の美少女は微笑みながら顔を上げる。

そこで梓が表情を変えず、唐突に言った。

「そういえば恵梨花。恵梨花のファーストキスはちゃんとしたカメラで写真に収めるつもりなんだから、勝手にしちゃダメよ。もちろん、さっきしてないよね？」

「そ、そんなの、知りません!!　それにしてません!!」

顔を真っ赤にして叫ぶ恵梨花。

「亮くんも、気をつけるように」

梓は言いながら亮を指差す。亮は思わず額に手を当てて唸った。

「……俺のファーストキスでもあるんだ。あんたの写真コレクションに入れるつもりはない」

「あんたじゃなくて、梓と呼ぶことになったはずでしょ？　やっぱり、君もファーストキスね」

キラリと眼鏡を光らせる梓。

（さっき、からかってこなかったのは、単にワンクッション挟んで、こっちの油断を誘っただけか……）

先ほどまでのいい雰囲気はどこにいったのか。

亮が項垂《うなだ》れていると、咲が傍まで来て亮の袖を引っ張った。

「うん？　どうした？」

咲は自分で自分を何度も指差している。

「ああ、名前で呼べって？」

コクコクと頷く咲。

リスかなんかの小動物みたいだなと思いながら、つい手を伸ばしてしまい、頭をなでる亮。

「咲、これでいいか?」

咲は気持ちよさそうに目を細めて、亮の手が頭から離れないように、小さく頷く。

そんな咲に、亮は恵梨花とはまた違う癒しを感じた。

そうやって亮が咲と二人で和んでいると、恵梨花が驚いたような声を出した。

「なんでそんなに咲と打ち解けてるの?」

「へ?」

亮が若干間抜けな声で返事をすると、恵梨花は亮から奪うようにして、咲を抱きしめる。

「だって、亮くん、そんなに咲と話してないでしょ? それなのに……そう言えば、さっきも咲の頭なでてたよね?」

何故恵梨花が咲を抱きしめるのかは深く考えずに、亮は思うままに答えた。

「さあ、なんとなくだな……なんか親近感が湧く」

恵梨花は、少し不満そうな顔をして、さらに強く咲を抱きしめた。

咲は恵梨花にされるがままだが、亮の言葉に応えるようにウンウンと頷いている。

「ひょっとして、咲もそう?」

梓の問いに、咲はコクリと頷いた。

「君、もしかして咲の表情、読めてきてる?」

「まあ、なんとなく」

すると、恵梨花と梓は二人同時に肩を落とした。

「どうした？」

訝しむ亮に、恵梨花が複雑な表情でゆっくりと首を振る。

「ううん、いいことなんだけど……私と梓は咲にもっと話しかけて、やっと表情読めて、それから話してくれるようになったのに。亮くん、ほんのちょっとしか咲と話してないから……」

「ええ、少し悔しいわね」

亮は項垂れている二人を見て、何と言ったらいいかと頭を掻いた。

「まあいい。さあ、いい加減私の名前も呼んでみたらどう？」

気持ちを切り替えるように顔を上げた梓は、挑むように口を開く。

ここで躊躇すると、からかわれるだけだと分かっている亮は、限りなく自然に口にした。

「分かったって、梓」

すると梓は、ほんの一瞬目を丸くした。それを見逃さなかった亮はニヤッと笑う。

すかさず睨み返した梓だが、急に話題を変える。

「そう言えば、どうして、あたしが合気道をやっていると分かったの？」

その途端、恵梨花が驚き顔で振り返り、マジマジと梓を見た。梓が亮の前で、初めて自分のことを「あたし」と呼んだのだ。これは亮を友達として認め、気を許している証拠だ。

「どうしたの、恵梨花？」

「な、なんでもない」

そう言うが、その顔は実に嬉しそうだ。

さすがに意味が分からなかったようで、梓は首をひねり、亮に視線を送って返事を促した。

「んな、たいしたことじゃない。普段の体の動かし方だ」

なんでもないように亮が説明すると、梓の片眉が吊り上がる。

「それだけで？」

「ああ、よく身のこなしが……って言うだろ？　それ」

こともなげに言う亮に、梓は内心の苛立ちを吐き出すようにため息を漏らした。

「まったく……六人を秒殺した次はそんなことを言う。君って、一体何者？」

亮は笑って答える。

「さっきの六人もそんなこと言ってたな。答えもさっきと同じだけど、どう見てもただの高校生だろ？」

三人の美少女は揃って首を横に振る。

「さすがにちょっと……」

「ここまで来ると、そう見える方がどうかしていると思うけど」

「見えない」

「そんなこと言われてもな……」

揃って普通でないと否定されて、少し傷つく亮。

「もう一度聞くわ、君って、何者？」

返答次第では、とばかりに梓が詰め寄る。

そんなこと聞かれてもなと、自分に視線を送る三人の女の子を見返した亮は、ふと悪戯心が芽生えて、こう切り出した。

「強いて言うなら……」

「強いて言うなら？」

問い返す梓に亮は不敵に笑って言った。


「Bグループの少年、かな」

特Aグループの美少女達は、揃って首を傾げたのだった。

◇◆◇◆◇◆◇

「今日はずいぶんスッキリした顔してるな」

「そうか？」

朝のＨＲ前、大きなあくびをしていた亮に、前の席から明が笑いかける。

「ああ、とりあえずクマはなくなったみたいだな。今日も眠そうだけど」

眠そうでもスッキリした顔に見えるのは、よほど昨日までの顔がひどかったのか、それか、もしかしたら思っている以上に浮かれているのかもしれない。

亮がそう考えていると、明が何気なく聞いた。

「スッキリしてるのは、もしかしてお前が目立たないようにしていることと関係あるのか？」

「いや、そんなことは……はあ!?」

ぼんやりしていた亮は、上の空のまま返事をしかけたが、耳に入った言葉を理解すると素っ頓狂な声を上げた。

それもそのはず、亮の目立ちたくない気持ちを知っているのは、この学校ではあの美少女三人ぐらいで、明にそんなことを話した記憶は当然ない。

亮が驚きの目を向けると、明は屈託なく笑い出した。

「亮のそんな間抜けな顔は、初めて見るな」

「失礼な……いや、お前、なんで……」

知っているのか、と聞こうとすると、明は軽く手を振る。

「そんなの、見てれば気づくだろ」

「いや、気づくって……そんなやつ滅多にいないはずだぞ」

亮は自分の演技を上手いとは思っていないが、大根役者だとも思っていない。

簡単に気づかれるようなことはしていないはずだと考えていると、明がニヤリと否定する。

「そうか？　俺って色々なやつと話すけど、亮が一番面白いやつだと思ってっけてな……」

「俺がか？」

「ああ。クラスも二年続けて一緒だろ？　仲もよくなって色々話していると、分かることも多い。体育の時間に死ぬほど手を抜いているように見えるし、そう言えば、体力測定も適当に合わせてたろ？　女の子とは、あまり長時間話さないし、話してもわざと馬鹿丁寧に話すしな。違うか？」

呆気にとられている亮に、明は楽しげに続ける。

「まあ、勝手な話かもしれんが、俺はこの学校では、お前の一番の友達だと自負しているからな」

亮は数秒黙った後に、噴き出してから、一転して真面目な顔に戻った。

「いや、すまん」

「なんで謝るんだ？」

「いや、お前のこと、見くびってた。許してくれ」

明が呆れた顔になる。

「亮、そういうことは別に言わなくても、心の中で思うだけでいいんじゃないか？」

「まあ、そうかもな。ただ言わずにいれなかったんだよ、これからもよろしく、明」

亮は笑って、自分の拳を突き出す。

その意味するところをすぐに理解した明も同じく、自分の拳を突き返す。

ぶつかった拳からコツンと小さな音が鳴り、それは二人の耳に心地よく響いた。

すると、ふと明が悪戯っぽく笑った。

「初めて俺の名前、呼んだな」

「そうか？」

「ああ。亮って、『お前』とかしか、呼ばないだろ？」

そうだったかと首をひねる亮。

「まあ気にするな、親友」

「そうするよ、親友」

明がヤレヤレと首を振る。

そこで亮は、あることに気づいて、声を潜めて言った。

「分かってると思うが、俺が目立ちたくないとか、誰にも言うなよ？　いや、その前に誰にも話してないよな？」

「お前が他人に話していないようなことを、俺が勝手にペラペラ話すと思うか？」

「そうだな、すまん」

亮が素直に謝ると、明は笑って首を振る。

「いいって。それに誰にも話さないから、心配するな」

「ありがとよ」

ニヤッとしながら、亮が片手をヒラヒラさせる。

「そう言えば、なんで目立ちたくないんだ？」

亮は、今度は偽りない本心を口にする。

「静かに学校生活を送りたいだけだ」

「ふうん？　まあ、他にも気になるところはあるけど、今度にするか」

「理由としては、これ一本なんだがな」

「まあ、そういうことでいいか」

「ああ、そうしとけ」

そう亮が返したところで、担任が教室に入ってきて、朝のＨＲが始まった。

教卓の前に立つ担任の話を、亮はあくびを噛み殺しながら聞き流す。

（いいことってのは二日続けて起こるもんだな……）

内心で呟く亮だったが、彼にとって幸福な時間は、そう長くは続かないのだった。

番外編　三人の絆

「ごめんなさい」

こんな言葉、言い慣れたくもないのに慣れつつある自分に気づいて、嫌気が差す。

藤本恵梨花《ふじもとえりか》は内心でため息を吐きながら、下げた頭をゆっくりと上げた。

視線の先では二つ年上の男の先輩が、信じられないと言わんばかりの表情をしている。

そんな間抜けな顔さえしていなければ、見惚れる女の子も少なくないだろう。それくらいの整った顔立ちをした男だったが、大して口をきいたわけでもなく、その人柄もろくに知らないのに、告白されてもつき合う気など起こらない。

もっとも、人柄を知らないと言うのは男も同じはずで、恵梨花の性格、好みなど、詳しくは知らないはずなのだ。

それなのに告白してくるということは、それはつまり、恵梨花の容姿が男の好みに合ったということなのだろう。

自分の容姿が人並み以上だろうということは自覚しているし、それが嫌だと思ったことはない。だが、こういうことは正直、困るというのが本音だ。ほとんど話したこともない人に、いきなり交際を申し込まれる――今のような状況が。

「え……っと？　今、何て？」

呆《ほう》けていた男は突然、我に返った様子で聞き直す。

「ごめんなさいと、言いました」

恵梨花は律儀に答え直した。

男はまたも目を見開く。すぐに取り繕おうとするも、戸惑いを浮かべ、焦った表情で言った。

「いや、ちょっと、待ってくれよ……俺、つき合ってた子と別れてまで、君にこう言ってるんだぜ？」

それは告白される側の恵梨花には関係のない話であって、ずいぶん自分勝手な言い分だ。

恵梨花は、嫌悪感が顔に出ないようにするのに必死だった。

「そうは言われても、まだ私、そういうのにあまり興味が湧かないんです。ごめんなさい……それじゃ、失礼します」

最後は早口に締めくくり、ぺこりと頭を下げると、そそくさと学校の中庭の一角から離れる。

幸い、後ろから「待ってくれ」と呼び止める声も聞こえず、早歩きしながら恵梨花はほっとした。

少し行ったところで、廊下の柱の陰から二つの人影が現れた。

「お疲れ様」

「梓《あずさ》！　咲《さき》！」

先ほどまでの暗い表情とは一転して、恵梨花は労《ねぎら》いの言葉を掛けてきた親友の鈴木《すずき》梓と、その横に並んでいる同じく親友の山岡《やまおか》咲の姿を目にすると、花が咲いたような笑顔を見せる。

「教室で待っててくれてよかったのに」

そうは言っても、声が弾み嬉しさを隠せていない。

「あたしもそう言ったんだけど、咲がね」

梓が肩を竦めながら咲に目を向ける。

「そうなの、なんで？」

弾んだ声はそのままに、恵梨花は後ろから咲を抱きしめた。

「恵梨花に告白してきた男が、あまりいい噂を聞かない男だって言ったら、『迎えに行こう』ってね」

されるがままに抱きしめられている咲に代わって梓が答えると、恵梨花は咲の髪に頬ずりした。

「そうなの？　……中庭だし大丈夫よ。でも、心配してくれてありがとう」

咲がコクッと頷く横で、梓は微かに険しい顔で「どちらかと言うと元カノの方がね……」と小さく呟く。

「何か言った？」

「ううん」

梓は微笑とともに首を振り、「まあ、あたしが注意してれば、いいか……」とひとりごちた。

休み時間も残り少なく、間もなく次の授業が始まる。

三人は並んで教室へと向かった。

他愛ない会話をしながら三人はゆっくり廊下を歩くが、すれ違う生徒のほとんどが振り返ってくる――特に、男子が。

それも無理はない。恵梨花はテレビに出るアイドルよりも可愛いと噂される美少女で、梓もそんな恵梨花に見劣りしない美貌の持ち主だ。

明るい雰囲気を常時振りまいている恵梨花と違って、梓は少し凛としたような硬い雰囲気があり、それが彼女の美しさをより際立たせている。

また、その二人と一緒にいる咲も文句なしに美少女の部類に入る。表情こそ乏しいが、「それがいいんだ……」と、固く拳を握るような変に熱心なファンを量産したりしている。

容貌も雰囲気もまるでタイプの違う三人だが、それぞれの個性が相乗効果を生み出してしまうようで、三人並んだ時の存在感はすさまじいものがある。その場だけ、スポットライトを浴びているかのようで、とにかく人目を集める。

それが証拠に、廊下を歩いている時など、前方でたむろしている男子達は背を向けているのにも関わらず、三人が脇を通る前に振り返り、息を呑んだ様子で見惚れたりするのだ。

彼女達が入学して半年、一学期が終わった今となっては学校の名物扱いみたいなもので、男子は目の保養とばかりに無遠慮にならない程度に視線を送ったりする。女子は女子で憧れる者もいれば、恋敵と認定したように憎々しげな眼差しを向ける者もいた。

とにかく目立つ三人だが、気にかけていては切りがない。しかし、視線を送られるだけならまだマシな方だ。

しょっちゅう、と言うほどでもないが、割と頻繁にこういうことがある。

そしてまた、廊下の先にある階段から五人の男子が下りてきていた。

これから体育の授業なのだろう、体操服を着ている。ゼッケンの色が青ということから、同じ学年だと判別できた。

彼らのうちの数人が、さっそく恵梨花達の存在に気づいたようで、途端に色めきたつ。

彼らは遠慮がちに自然を装いながら、チラチラと目を向けてくる。

三人はそれに気づいているが、やはり気にかけないようにして、真っ直ぐ廊下を歩くしかない。

そしてすれ違い、数歩歩いたところで、男子グループのうちの一人が叫ぶ。

「よっしゃー！　藤本さんと目が合ったー！　今日はいい日だー！」

唐突な大声で、それも自分の名前が入っていたら、どうしても反応してしまう。

一瞬ピクリとした恵梨花だが、振り返らずにそのまま歩く。いつものことだが、それでも耳は後ろを気にしてしまう。

「うるさいぞ、アホ東《ひがし》」

「言っても無駄だ、亮《りょう》……それに東、目が合ったんじゃない、藤本さんの視線の先に偶々《たまたま》、お前がいただけだろ」

「そんなことは分かってる！　けど、俺は合ったと思いたいんだ!!」

「ほっとけよ、明《あきら》。それに本当に目が合ったんなら、俺も叫びたい気分になると思うし」

「そうだよな。でも、本当に今日はいいことありそうな気がする」

彼らはその後も自分達の話題で盛り上がっていたようだが、階段を上がり始めると、さすがにそれも聞こえなくなる。

恵梨花は、「はあ」とため息を吐いた。

自分達を話題にするにしても、聞こえないところでやって欲しいと思ったのだ。

ふと梓に目をやると、何故か後ろを振り返っている。

さっきの五人グループが気になるのだろうか。こんな梓の様子はとても珍しい。

「どうしたの、梓」

「え？　……ああ、ちょっとね」

我に返ったように振り返った梓は言葉を濁した。

「ちょっと？」

「ああ……ちょっと、気になるのがいたものだから」

聞いた恵梨花は耳を疑った。

「え!?　梓、好きな人が出来たの!?」

花の女子高生が男子を見た後に「気になる」という言葉を用いれば、このように解釈するのも自然な流れだろう。

だが、この恵梨花の親友は、ろくに色恋に興味を見せたことがなかった。

冷静に考えれば、「気になる」の意味合いが違うことは分かっただろうが、何せ、男子を見て初めて梓がこんな言葉を言ったのだ。そのせいで、気が動転してしまった。

なので、ついつい叫んでしまったのだ……廊下に響き渡るような大声で。

途端に付近にいた生徒達が振り返る。男子は絶望と驚愕を織り交ぜたような顔、女子は興味津々な顔を浮かべている。

このように注目を集めてしまった場合、勘違いされた方は慌てながら、そして周りに聞こえるように大声で否定するのが一般的なのかもしれない。

しかし、梓は一味違った。

「……恵梨花、声大きい。それに、拡大解釈し過ぎ」

梓は顔を真っ赤にして、「違うわよ！」と否定するでもなく、冷静に親友の勘違いを正してみせた。

「あ……ご、ごめん」

恵梨花は自分が勘違いしたのだと気づく。

「え？　でも、気になるって……どういう意味？」

「あたしが人間観察を趣味にしてるの知ってるでしょ？　それで、前から気になってた……と言うか、引っかかってる男子がいま通ったのよ」

「さっきの……五人組の中の一人？」

言いながら、見えもしないのに恵梨花は後ろを振り返る。

「そう」

小さく頷く梓に、恵梨花は先ほどの五人組を思い返そうとするが、これと言って強い印象を持つような生徒は見受けられなかった。

親友は一体何を気にしているのか、当然ながら気になる。

「さっきのどの人……って聞いても、分からないかな。いつから？」

「そうねぇ……」

梓は顎に手を添え、空を見上げるようにして考える。

「いつからってなると……五月ぐらいかな」

「五月!?　入学してすぐじゃない！　……それに随分、長くない？」

恵梨花は目を丸くした。それもそのはず、今は十月なので、実に五ヶ月は経っている。

「期間だけ見るとそうだけど、別に彼だけを集中して観察しているわけじゃないからね」

「彼だけって……」

恵梨花は呆れながらも納得した。

梓の趣味の人間観察の対象は、常に広範囲だ。何人も同時に見ているのならば、期間も自然と長くなってしまうのかもしれない。

「でも、そんなに長い間、何が気にな……引っかかってるの？」

「入学してすぐに体力測定があったでしょ？」

「うん、あの学年全員で一斉にやるやつ？」

入学直後にあったものだから、記憶に残っている。

「それの学校全員の記録を手に入れて眺めてたら、妙にチグハグなものがあってね」

「それから引っかかってるの？」

恵梨花は、どうやって梓がそんなものを手に入れたのか、敢えて突っ込まずに先を尋ねると、梓は首を横に振った。

「それはきっかけね。ちょっと気になっただけで……だから見かけた時だけ、注意してその彼を観察し始めたんだけど」

「けど？」

恵梨花が続きを促すと、梓は眉をひそめた。

「何か、違和感を覚えるのよね」

「違和感……どんな？」

「えーっとね……そうね、例えばだけど」

梓は自身の体の前で手を横切らせた。

「こう……丸がいっぱい、並んでいるとするじゃない？」

「？　……うん」

「その丸は大きさもバラバラで色々な色がついている。でもよく見たら、この中に一つだけ、三角が交じっている。この三角、変だと思わない？」

「……うん、変だと思う」

梓が微笑とともに頷く。

「そんな違和感よ」

「なんとなく分かるような……咲、分かった？」

恵梨花が難しい顔で振り向くと、咲は「もちろん」と言いたげにコクリと頷いた。

「分かるんだ……」

恵梨花も梓の言わんとするところは何となく分かるものの、どんなふうに観察したらそんな差異を感じ取れるのか、我が親友ながら不思議なものだと思った。

それと同時に、梓の例え話に似たような話があったなと、何かが頭に引っかかった。

「なんだったっけ？」

恵梨花は懸命に思い出そうとするが、喉元まで来ているのに、何かに詰まったように出てこない。

悶々としていると、いつの間にか、教室の前まで来ていた。

恵梨花はモヤモヤしたものを抱えたまま、授業を受けるはめになった。

◇◆◇◆◇◆◇

「思い出した！」

突然、大声を上げた恵梨花に、梓は口元に運ぼうとしていた箸を止め、咲は口をモグモグとしながらキョトンとした。

時は昼休み、場所は屋上である。

この三人は時々、普通は立入厳禁の屋上を利用して昼食を取ることがあり、今日もそうしていた。

だが、食べ始める前から恵梨花はずっと物思いにふけっていて、話しかけてもろくに反応しなかったので、梓と咲は二人でゆっくりとお弁当を食べていた。時折、悩める恵梨花の表情を写真に収めつつ。

「さっきから、ずっと何か考えてるのは分かってたけど……で、何を思い出したの？」

梓が恵梨花に向き直る。

「え？　……あ、ごめんね、長いこと」

「いいのよ、別に。あたしも似たようなことよくあるし。それで何を思い出したの？　授業中も上の空みたいだったけど」

図星をつかれた恵梨花は照れたように笑った。

「うん、さっきの梓の例え話に似たような話があったなーって思ったんだけど、それがなかなか出てこなくて……」

「さっきの例え話……ああ、あの丸と三角の？」

「そう！」

「へえ？　それで、その話を思い出したのよね？　どんな話？」

梓は話に食いついた。隣にいる咲もジッと恵梨花を見ている。

恵梨花は思い出せたことで、二人に向かってニッコリとした。

「それがね、子供の頃、お父さんに買ってもらった絵本の話なの」

「絵本？」

梓が不思議そうに聞き直すと、恵梨花は頷いた。

「そう、絵本」

「……どんな絵本？」

「そうね、どんな絵本なの？　思い出したんでしょ？　聞かせてよ」

咲が話して欲しそうに言うと、梓も倣って催促する。

「完全に思い出せたわけじゃないから、それでもいいなら――」


むかしむかし、あるところに一匹の狼がいました。名前をシルと言います。

シルは変わり者で、群れの仲間が狩りで捕まえた動物を食べるのとは違い、木の実や野菜、そこら中に生えている草を好んで食べていました。

なので、シルは狩りをする必要がありません。しかし、群れには群れの掟があります。

掟とは、群れのみんなで狩りをすることです。

掟なのだからとシルは狩りに参加しますが、普段、食べるものが他のみんなと違うからでしょうか、シルは周りの狼と違って狩りを好きになれません。

狩りをするぐらいなら、目一杯、お昼寝をしたいと毎日思っています。

シルはぐうたらで面倒くさがり屋の狼だったのです。

騒がしいのもあまり好きではありません。でも、群れの仲間の狼はいつも大きな声で楽しそうに騒ぎます。

シルは狩りをする必要がないのですから、群れから出て行って一人でも生きていけます。でも、やはりそれは寂しすぎます。

今の群れよりも、騒がしくない静かな群れを見つけたなら、そこに引っ越したいと思うシルですが、そんな都合のいい群れはなかなか見つかりません。

なので、今日もお昼寝を我慢して、仲間と狩りを頑張ります。

ある日、シルが仲間との狩りを終えて散歩をしていると、羊の群れを発見しました。

羊は狼にとって大好物です。仲間に報せたら跳び上がって喜ばれるでしょうが、シルはそうせずに、少し離れたところで羊の群れを眺めることにしました。

羊の群れの生活は穏やかで、シルは見ているだけで長閑《のどか》に感じ、羊の群れの生活に憧れました。

自分もこのような群れの中で暮らしたいと。しかし、シルは狼です。近づいただけで羊達には恐れられ、逃げられるでしょう。

諦めるようにため息を吐いたシルは、羊達に気づかれないように、その場を後にします。

また別のある日、シルが散歩をしていると、人間が捨てたのでしょうか、羊の毛皮が落ちていました。

それを見てシルは閃きました。これを被れば、羊の群れの中で生活できるのではないかと。

早速、シルは羊の皮を被ってみました。少し大きさが合いませんでしたが、なんとか被れます。

水に映る自分の姿を確認したシルは跳び上がって喜びました。どこから見ても立派な羊です。

それからシルは皮を被ったまま、まったく羊らしくない速さで駆け出し、羊の群れを探します。

ぐうたらなシルですが、頑張りました。その甲斐あって、引っ越し先を見つけたのです。

シルは何気ないふうを装いながら、羊の群れにまぎれこみました。群れの羊達は、見慣れない顔のシルを不思議そうに見ますが、誰も文句を言ってきません。シルはみんなと挨拶を交わし、群れに溶け込むことに成功しました。

シルは満足な日々を手に入れました。羊達は騒がしくありませんし、狩りにいく必要もありません。お昼寝もし放題です。

さらにシルは勇敢なメスの羊と恋仲になりました。シルはとっても幸せでした。

こんな日々がずっと続けばいい、そう思いながらシルは今日もお昼寝に励みます。

しかしある日、シルのいる羊の群れに、野犬の群れが襲いかかってきました。犬にとっても、羊は大好物です。

群れの羊達は怯えて逃げ出しますが、犬と羊の足では勝負になりません。次々と仲間が噛みつかれ、悲鳴を上げます。

シルは悩みました。仲間の羊を助けるべきか、否か。仲間を助けようとするならば、羊の皮は捨てなければなりません。そうしたらシルの正体はバレてしまい、この群れでもう生活できなくなります。仲間の悲鳴がまた聞こえました。

シルは決心します。つき合いが短いとは言え、彼らはシルの大事な仲間です。助けなくてはいけません。シルは被っていた羊の皮を脱ぎ捨て、近くにいる野犬に襲いかかりました。

野犬達は狼のシルが羊達を助けることに驚き、そして恐怖しました。狼は野犬よりもずっと強いからです。

シルは天にも届くかのような雄叫びを上げると、野犬達に向かって、吠えました。

ここは俺の縄張りだ、二度と近寄るなと。野犬達はシルに恐れをなし、尻尾を巻いて逃げ出しました。

野犬の群れを追い払ったシルは仲間を振り返りました。仲間だった羊達はシルを恐怖の目で見ています。

そんな彼らを見たシルは悲しそうな顔になると、幸せな生活をくれた羊達に背を見せ、群れから去ろうと一歩を踏み出しました――

ここで恵梨花は口をつぐんでしまい、沈黙が訪れる。

「……で、続きは？」

焦れったそうに梓と咲が続きを促すと、恵梨花は気まずそうに視線を逸らした。

「忘れちゃった」

二人の表情が一変する。

恵梨花は本心から申し訳なく思い、怯みながらもおずおずと頭を下げる。

「ご、ごめんなさい……」

「もう！　いいところで！」

「……本当に」

梓が苛立ちをかき消すように声を上げると、咲は消化不良というようにため息を吐いた。

「ご、ごめんね？」

「……思い出しといてね」

梓が細めた目で睨むように言うと、咲も同意するように大きく頷いた。

「が、頑張るから！」

両拳を握り、意気込むように告げる恵梨花。

「それにしても、絵本にしては変わった話ね？　羊が丸、狼が三角？」

梓がこの話を思い出したきっかけを確認すると、恵梨花は頷いた。

「今考えたら確かに変わってるかもね……でも、シル、可愛くない？」

「可愛いと言うより、なんか抜けてるような感じがしたけど」

「そこが可愛いんじゃない！　シルが大好きで、何回も読み直したなぁ」

恵梨花が、子供の頃に読んだ時の気持ちまで思い起こしたように微笑むと、それが伝染したように梓と咲も頬を緩ませる。

そこで梓が唐突に口を開いた。

「もしかして……」

「どうしたの、梓？」

恵梨花が尋ねると、梓は「まさかね……」と言って続けた。

「もしかして、あの三角の人もシルみたいな人だったりして、って思ったのよ」

それを聞いた二人は楽しげに笑ったのだった。

◇◆◇◆◇◆◇

恵梨花が絵本の話をした翌日の放課後、梓は生徒会の仕事、咲は手芸部の活動があった。恵梨花は帰り支度を済ませると、クラスの女の子に一緒に帰ろうと声をかけようとしていた。

一人で帰ってもいいのだが、それはそれで面倒なことが起こる。次々と男子に声をかけられるといったような。

大抵、誰とでも仲良くなれる性質がある恵梨花なのだが、少ししか話したことのない男子に声をかけられ、そのまま二人っきりで帰るのは避けたい。やはり一緒に帰るなら、気安い女友達と帰りたいものだ。

そこで恵梨花は、時折一緒に帰る仲の良い女友達に声をかけようとしていたのだが、その必要がなくなってしまった。

突然教室を訪れた、茶髪で制服を着崩した二年の先輩に声をかけられたためだ。

「あんた、私のこと知ってる？」

突然やってきた女の先輩は、横柄な態度と尖った口調で恵梨花に尋ねた。

顔は見かけたことはあるものの、名前は知らない。

恵梨花は下手《したて》に出過ぎない程度に、申し訳なさそうな態度を作る。

「えっと……いえ、知りません」

正直に答えた恵梨花に、先輩は不快そうに眉をひそめた。

「へえ、本当に……？　まあ、いいや。ちょっと、ついて来てくれる？」

そう告げると、恵梨花の返答を待たずに、教室を出て行く。

クラスメイトの女友達が心配そうな顔を向けてきたが、恵梨花は微笑んで「大丈夫だから」と手を振り、鞄を持って教室を出た。

「遅いじゃない、何してたの？」

すぐ追いついたにもかかわらず苛立った様子の先輩に、恵梨花は顔をしかめそうになるが、何とかそれを引っ込めた。

廊下に出ると待っていたのは一人ではなく、同じグループなのだろう、似たような雰囲気の女生徒が他に三人いた。

「じゃあ、とりあえず、ついて来て」

彼女はそう言うと歩き出そうとしたが、恵梨花は待ったをかけた。

「あの、どこ行くんですか？」

「話したいことがあんのよ、ここじゃ、ゆっくり話できないでしょ」

振り返って無愛想に告げる先輩に、恵梨花はさらに尋ねる。

「話って、何ですか？」

「ついて来たら話すわよ……もう、ゴチャゴチャ言うのやめてくれない？　顔貸せって言ってるのよ」

乱暴な口調で言うと、他の先輩が恵梨花の周りを囲う。

恵梨花は諦めたようにため息を吐いた。

薄々そうじゃないかと思っていたが、どうやら何らかの因縁をつけられているようだ。

中学校の時にも身に覚えのないことで似たようなことがあった。足の速さには自信があることだし、いざとなれば走って逃げようと、恵梨花は警戒して、先輩の後に続いた。

会話もなく連れて行かれた先は学校の外だった。方角的には帰り道の駅に向かっていることが分かるものの、そこは恵梨花が今までに通ったことのない道で、人通りが少なかった。

物珍しさから、恵梨花は控えめに周囲に視線を巡らせながら歩く。

しばらく歩いていると妙な解放感を覚えた。周りを先輩に囲まれているというのに。

何故かと考えると原因が分かり、すぐに得心する。

人があまり通らないため、自分に集まる視線が少ないからなのだと。

何もしていなくても、その類稀《たぐいまれ》な美貌で人目を集める恵梨花。気にしないように心がけても、それなりにストレスが溜まるものである。

特に、一人になりたいと思っても、周りがそうさせてくれないことが多い。それもストレスの原因の一端を担う。

少し遠回りになるかもしれないが、この道を通れば視線を浴びることなく駅に向かえるかもと思うと、恵梨花の心は状況に反して浮き立ってしまった。

「あんた、何ニヤニヤしてんの」

知らないうちに顔に出てしまったらしく、隣を歩く先輩が呆れた顔をしている。

「……何でもありません」

恵梨花は気持ちを切り替えて、神妙な顔で答えたのだった。

ほどなくして空き地に入り、先導していた先輩が立ち止まって振り返ると、開口一番またも同じ質問を繰り出した。

「あんたさ、本当に私のこと知らない？　私の名前、松浦陽子《まつうらようこ》って言うんだけど」

他の先輩は彼女の近くに並ぶように立つ。

恵梨花は聞いた名前を反芻するも、記憶に引っ掛からない。

問いただしてくる雰囲気から、どうやら知っていなくては不味《まず》いらしいと感じられたので、曖昧に肯定する。

すると陽子は、苛立たしげに問い詰めた。

「じゃあ、山崎孝明《やまざきたかあき》は？」

その名前は記憶にあった。誰か、と考えるとすぐに思い出した。昨日、告白してきた先輩の名前だ。と同時に、目の前の先輩との繋がりがなんとなく分かってきた。

「はい、知ってます。もしかして、先輩……」

最後まで言う前に、陽子が遮った。

「そ、私はあんたが奪った男の元カノ」

その顔は清々しいほどに憎しみに彩られている。が、それよりも言い方が気になった。

「奪った……？」

怪訝な顔で恵梨花が聞き返す。

告白してくる前に、つき合っていた女の子と別れたことは聞いたが、断っても奪ったことになるのだろうか。

「惚《とぼ》けてんじゃないよ！　あんたが山崎とつき合ってることは知ってるんだから！」

あまりに予想外の言葉が返ってきたことに恵梨花は目を点にして、「は？」と、思わず間抜けな声を出してしまった。

恵梨花のその時の顔が面白かったのだろうか、仲間内で一際顔立ちの整ったロングヘアーの先輩が、おかしそうに笑う。

「何、この子。まだ惚けたフリしてるし。超ウケるんだけど。もっと言ってやれば？　この泥棒猫って」

「泥棒猫って、昼ドラじゃないんだから！」

「ヤバい、超ウケる！　……でもさ、この子、猫耳つけたら似合いそうじゃない？」

さっきまで口を閉じていたというのに、次々と腹を抱えて笑い始める彼女らを見て、恵梨花は嘆息する――苦手なタイプの人達だ。

この場で恵梨花を除いて、ただ一人笑っていない陽子が恵梨花に詰め寄る。

「私に対して惚けるなんて、いい根性してんじゃない！　そんな純情そうな顔してさ！　どんな色目使ったのよ、ほら、言ってみなさいよ！」

しばし呆然としていた恵梨花は我に返り、慌てて否定する。

「ちょっと、待ってください！　私、山崎さんとつき合ってません！」

「まだ、そんなこと言って！　私はね、山崎から、あんたとつき合うから別れる、って言われたのよ！」

「ええ!?　そんなの知りません！　告白はされましたけど、私、断りました！」

「嘘吐くんじゃないよ、この泥棒猫！」

途端に「言っちゃったよ！」などと、周りから笑い声が上がる。

周囲の雰囲気に嫌悪感を覚えながら、恵梨花は力いっぱい叫んだ。

「嘘じゃ、ありません！」

声量の大きさに周りは驚いて笑いを止め、真正面にいた陽子も仰け反るようにして止まった。

恵梨花の必死さが伝わったのか、陽子は戸惑いながら恵梨花とロングヘアーの女子を交互に見る。

今が誤解を解くチャンスと考えた恵梨花は、一気に言った。

「ちゃんと聞いてください！　私は昨日、確かに山崎さんに告白されました。でも、断りました。だから、山崎さんとはつき合ってません！」

最後の方で語気が強くなってしまったのは、仕方のないことだろう。

そのおかげか、陽子の顔には恵梨花の言っていることが本当かもしれないという戸惑いの色が浮かんでいる。

もうひと押しすれば、とりあえず誤解は解けるかも、そう思って恵梨花が口を開こうとした時だった。

「騙されたらダメだよ、陽子。その子、裏では相当遊んでるって聞くしね。こういう嘘、今までに何回言ってるか分かんないよ」

ロングヘアーの先輩が愉快そうに言った。当然、恵梨花の身には覚えがない。

恵梨花が面食らって言葉を失っていると、陽子が戸惑った顔で振り返る。

「乃恵美《のえみ》」

すると、乃恵美は穏やかと言っても差し支えない微笑を浮かべて鷹揚《おうよう》に頷いた。

「騙されないで。陽子から山崎くんを奪ったのは、その子なんだからね」

この言葉を聞いた陽子の顔から徐々に戸惑いが消え、再び憎しみを露わにして恵梨花を睨みつけてくる。

どうもこの先輩達には自分の日本語は通用しないらしい。

ここまで来ると、怒りよりも呆れる気持ちの方が強くなってくる。おまけに乃恵美と呼ばれた先輩は、どうしても自分を陽子から彼氏を奪った女に仕立て上げたいようだ。

このまま話を続けても無意味だろう。

そう判断した恵梨花は脱兎の如く駆け出した。

「あ！　待ちな！」

「逃げてんじゃないよ！」

背後から聞こえてくる怒声を無視して、恵梨花は全力で走る。

ここで逃げるというのは相手の言い分を認めるようで癪《しゃく》だが、言葉の通じない相手なら仕方ない。

友人に迷惑をかけたくなかったとはいえ、一人でノコノコついて行った自分も悪い。

それに、今かけられている誤解は、時間が経てば解けるものだ。

そうなれば自分に構ってくることもない。彼女達から謝罪を期待するほど馬鹿でもない。

この場はなんとしても逃げ切ろう。そう思いながら恵梨花は懸命に走ったが、突然首に衝撃を受けた。

襟を後ろから掴まれたのだと恵梨花が分かったのは、地面に倒れこんでからだった。

鞄で受身をとろうとしたものの、走っていた時の勢いは止められず地面で膝をこすってしまう。

恵梨花は痛みに顔を歪めると、自分を掴んで止めたであろう人物の影に覆われた。

「もしかして逃げ足に自信あった？　お生憎さま、こう見えても私、中学の時は陸上部だったから」

冷たく見下ろしてくる陽子。恵梨花は涙目になりそうになるのを堪えた。悔しさのせいでなく、すり剥けた膝の痛みのためからのものだったが。

陽子の後ろからは仲間二人が駆けつけ、最後に乃恵美が悠然とした足取りでやって来る。

「ほら、やっぱりこの子が嘘吐いてるんじゃない、逃げたのがその証拠でしょ？」

「本当にね」

勝ち誇ったような声に、陽子は苦々しい顔で同意する。まるで、一瞬でも恵梨花の言葉を信じそうになった自分が馬鹿だったと言わんばかりだ。

乃恵美のこの言い分だけはもっともらしく聞こえるかもしれないが、先ほどまでの話は根拠のないものばかりで、いい加減、我慢も限界だ。

恵梨花は痛みに耐え勢いよく立ち上がった。

「何よ！　こっちが何言っても、聞く気なんかない癖に！」

強く睨みつけられた陽子は不快げに眉をひそめて、恵梨花の頬を叩いた。

「生意気な口きくんじゃないよ、この泥棒猫」

一瞬何が起こったのか恵梨花は分からなかった。しかし頬から伝わってくる痛みで、何をされたのか理解すると堪えきれない怒りが込み上げ、衝動に突き動かされるまま恵梨花はやり返した。

「痛いわね！　何すんのよ！」

先ほどよりも小気味いい音が鳴った。陽子は虚を突かれたように目を丸くしている。

他の三人も同じで、恵梨花の意外な気の強さに驚いたようだ。

「な、何すんのよ！　ちょっと可愛い顔してるからって調子に乗ってんじゃないよ！」

陽子が再び手を上げる。今度は不意打ちにならなかったため、振り切られる前に恵梨花はその腕をなんとか掴んで止めた。

「顔は関係ないでしょ！　そっちが先に叩いてきたんじゃない！」

「とにかく生意気なのよ！　さっきからタメ口だし、先輩に対する態度じゃないのよ！」

陽子がもう片方の手を振りかぶるが、恵梨花はそれも止めて見せた。

「こんなことに、先輩も後輩も関係ありません！」

陽子は掴まれている腕を振り解こうとする。しかしそれを許したらまた殴られるのが分かっている恵梨花は、そうはさせまいと手に力を込める。

腕を使えなくなった両者は、口論のみの睨み合いとなった――傍から見れば、子供の喧嘩と変わらない。

陽子の友人二人は、笑って観戦しているのだが、乃恵美だけは違った。

感情の窺い知れない目で二人を見据えている。

「陽子、そろそろ馬鹿みたいに言い合いするのやめな」

恵梨花と陽子は、この冷たい声に不意を突かれてピタッと止まった。

「だって、この子がさ！」

陽子が不満げに声を上げると、乃恵美は妖艶な微笑を浮かべた。先ほど冷たい声を出した本人とはとても思えない。

「そうね、その子本当に生意気よね……嘘吐きの癖にね」

またも謂《いわ》れのない中傷を受けた恵梨花は、思わず声を荒げかけたが、言葉を発することは出来なかった。乃恵美が陽子よりも激しい憎しみを込めて睨んできたからだ。

生意気な下級生に対する苛立ち、というレベルではない。乃恵美の眼には純粋な憎悪が満ちている。

恵梨花が困惑していると、乃恵美はすぐにその眼を引っ込めて微笑んだ。

「先輩への態度も分かってないみたいだしね、ちょっと懲らしめてあげよう」

これを聞いた陽子が、未だ自分の腕を掴んでいる恵梨花に不敵な笑みを見せる。

「いいわね……じゃあ、何して懲らしめる？」

「そうね」

呟きながら頬に手を当てる。

悩ましげだが、楽しそうにしている乃恵美と目が合った恵梨花は、何故だかゾッとさせられた。

膝を痛めて満足に走ることが敵わず、ろくにこの場から逃げる手段が思い浮かばない恵梨花を前にして何か思いついたのか、乃恵美が心底面白そうに口を開く。

「じゃあ――」

それ以上は聞きたくない。恵梨花は耳を塞ぎたい気持ちに襲われ、耐え切れずに視線を逸らしてしまう。

だが、待てども待てども、続きが聞こえてこない。

視線を元に戻すと、乃恵美は少し驚いたような顔をして、別の方を見ていた。

「梓!?」

そこには梓がいた。正確にはいたと言うよりも、こちらに向かって走って来ている。

途端に、恵梨花の心の中に二つの感情がこみ上げる。

親友をこの場に、特に乃恵美に関わらせたくないという焦燥。

もう一つは、自分を助けるためだろう、今ここに駆けつけてくれたことへの安堵。

相反する思いで心中複雑になるも、その両方の感情は挫けかけていた恵梨花の心に力を与えた。

恵梨花の眼から不安の翳りが消えた時、梓はすぐそこまで迫っていた。だが、彼女はさらに加速し、その勢いのまま恵梨花の目の前の陽子に体当たりをかました。

慌てて手を離した恵梨花は事なきを得るが、陽子は悲鳴を上げて吹き飛ぶ。

いきなりのことに、陽子以外は驚いて声も出せない。乃恵美も例外ではなかった。

ぶつけた肩を少し痛そうにさすった梓は、眼鏡の位置を整えながら言った。

「失礼……ちょっと、邪魔だったもので」

その無礼さに、唖然としていた恵梨花は我に返って口を開く。

「梓、なんでここに!?」

梓は答えずに、すり剥けて血が流れている恵梨花の膝をチラッと見た。

「……その話は後で。こんにちは、先輩方」

剣呑な光を目に宿し、乃恵美と向き合った梓が感情のない声を出す。

すると、陽子が突き飛ばされたのを呆然と見ていたショートカットの先輩が、掴みかからんばかりに詰め寄ってくる。

「何がこんにちはよ！　いきなり、何す……きゃあああ！」

しかし、最後まで言葉にならず、彼女は地面に背をぶつけた。

梓が自分を掴もうと伸ばされた手を絡め取り、相手を巻き込むように半歩動いて転ばせたのだ。

再び唖然となる一同。合気道を習っていると聞いていた恵梨花も、初めて見る梓の技に驚きを隠せない。

「何をする、はこっちの台詞です。恵梨花に何の用ですか」

先輩を投げたことなど忘れたかのように梓が聞くと、乃恵美は冷静さを取り戻そうと息を吸ってから言った。

「あんたには関係ないでしょう」

「そうかもしれませんね。では、そちらの場合だと、恵梨花に話があるのは四人全員ですか？　松《まつ》浦《うら》さんだけでなく？」

梓がそう言うと、起き上がって目を瞠《みは》る陽子の横で、乃恵美が眉間に皺を刻んだ。

「陽子のこと知ってるの？」

「松浦陽子さんだけでなく、岩崎《いわさき》乃恵美さん、あなたも」

乃恵美の眉がピクリと動く。

「そして、小倉《おぐら》祥子《しょうこ》さん、杉田《すぎた》真知《まち》さん、あなた達のことも知ってます」

ろくに話したこともないのに、全員のフルネームを口にする親友の頭の中はどうなっているのだろうか。恵梨花は、梓が場の空気を支配しつつあるのを肌で感じた。

乃恵美も同じことを感じ取ったのか、それに逆らおうと、突っかかるようにして言った。

「私らのこともまとめて知ってるわけね。だから何？」

「別に何も。それでそちらの話は山崎さんのことでしょう？　なら、松浦さん以外、恵梨花に用はないと思いますが」

相変わらず感情のこもってない声だ。乃恵美は小さく舌打ちした。

「私らは私らで用があったのよ、それはあんたには関係ないでしょ」

「そう言いますか。では、私からも先輩達に用があります。そちらの方を先に済ませましょうか」

「……用？」

怪訝な顔で聞き返す乃恵美に、梓は頷いた。

「はい、難しいことではないです。今後一切、私達の周りに近づかないでくれますか？」

「……あなた達って、揃って生意気なのね」

「で、どうなんですか。近づかないでくれるとこちらも助かるのですが」

「私達がすることは私達で決めるわ。なんであなたに行動を制限されなくてはならないの？」

「そうですか……仕方ありませんね」

梓はやれやれと首を振り、ブレザーのポケットから携帯を取り出すと、すぐ足下に座っている祥子に微笑んだ。

それを見て恵梨花は直感する——あれは悪いことを企んでいる顔だ。

「小倉さん」

「……何よ？」

携帯の画面を見つめながら話す梓に、小倉祥子が訝しげに目を細める。

「最近、寝不足がひどいようですね。化粧で誤魔化してるみたいですが、目の周りのクマがうっすらと出てますよ」

「……だから、何？」

「そんなに面白いですか？　ネットゲーム、オンラインＲＰＧの『エクスカリパーオンライン』」

祥子が目を丸くしたが、周りからしたら何の話か分からない。

「綿密に作られた世界観、自由度の高い設定、その他諸々で人気を博していますね。そのせいで廃人が続出だとか……このゲームでは自分の作ったキャラクターに、色々と条件をクリアした後、『二つ名』を付けることが出来るとか」

淡々と梓が告げると、祥子は顔色をハッキリと変えた。

「よく難しめの漢字を並べた厨二病的なもの多いですよね、例えば……『赦しを乞う堕天使』」

目を見開き、口をパクパクとさせる祥子。

友人達は信じられないような目を祥子に向けている。

「これは一体、誰に赦しを乞うているんでしょうね。ねえ、小倉さん？　知ってますか？」

梓が微笑みながら問いかけると、祥子は耐え切れないように赤くした顔を素早く横に振った。

「杉田さん」

「な、何？」

嫌な予感がしたのだろうか。少し狼狽《うろた》え気味に杉田真知が答える。

「中学校の時の修学旅行は楽しかったですか？」

真知は、「まさか」と呟き口元を引きつらせた。

「修学旅行での肝試しはかなり、怖い思いをされたみたいですね……お漏らしをするほど。今でも夜中一人ではトイレに行けないそうで」

「大変ですね」と言いながら梓が首を振ると、真知は顔を真っ赤にして、「嘘よ！　そんなわけないじゃない！」と喚き散らした。

「松浦さん」

真知を無視して梓が呼びかけると、松浦陽子がギクリとした顔で振り返る。

「中学の時は陸上部だったそうですね」

「そ、そうだけど……？」

「熱心に頑張られてたみたいですね」

「だ、だから？」

ダラダラと冷や汗を流す陽子。

「陸上に適した体を作る弊害なのか、それとも体質なんでしょうか……」

「ちょ、ちょっと待ちな、あんた！」

陽子は慌てて止めようとするも、先ほどの体当たりと、祥子への技を思い出したのだろう、身構えた梓の前で止まった。

「あまり育たないからと言って、バストアップグッズに二十万は使い過ぎかと……」

わずかに憐憫《れんびん》の響きを感じさせるその言葉に、梓以外が「へ？」と陽子の方を振り向く。

顔を真っ赤にした陽子は、全員の視線を集めている貧相な胸部を隠すように両手を当てた。

「な、な、な、何を証拠にそんなこと言ってんのよ！」

「でも、あまりというか、まったく改善はされなかったみたいですね」

梓は陽子の言葉を無視して、同情のこもったような視線を送る。視線の先にはもちろん、貧相と呼ぶに相応しい胸があった。

すると陽子は、涙目になって怒りを露《あら》わにした。

「何よ！　これでも、少しは大きくなってんのよ！　それに二十万じゃなく、十万……はっ‼」

語るに落ちた陽子は、穴があったら入りたいような顔を見せて、縮こまるように俯いた。

さすがは梓、と言うべきなのだろうか。

一体、いつ調べたのか。口を挟むことも出来ずに恵梨花は一連の流れを見ているだけになってしまった。

しかし、と思う。梓は確かに興味を持った人を観察するのは好きだが、こういった人の弱みを積極的に集めたりする趣味はないはずだ。それも、中学生の時まで遡った話なんて。

恵梨花が内心首を傾げていると、ついに梓が乃恵美と対峙した。

「で？　私のも何か知ってるの？」

だが、先に口を開いたのは乃恵美。余裕のある口ぶりだが、眼は睨むように細めている。

梓は気負うこともなく淡々と言った。

「ええ、知ってますとも——年を誤魔化してキャバクラで働くのは如何なものかと思いますが」

なかなかの爆弾発言だ。学校にバレたら退学も致し方なし、と言ったところか。

恵梨花は驚いて乃恵美を見たが、恵梨花以外は同じような目を梓に向けていた。何故知っているのか、と言ったような。

どうやら彼女達は、この事実を知っていたようだ。

「ふうん……そのこと知ってるんだ。他には？」

梓は何か言おうとしたが、思い直したように口を閉じて首を振った。

「……他にもありますが、ここではやめておきましょう」

乃恵美は梓の言葉に何か引っ掛かったようだったが、すぐにその焦りの色を収め、それ以上問い詰めることなく睨みつけた。

乃恵美の鋭い視線を意に介さず、梓は持っている携帯を掲げて見せる。

「さっき言った先輩方のことと、詳細なプロフィール、両方打ち込まれたメールが、この携帯のエンターキーを押せば、学校関係者の約百人に一斉送信する準備が既に出来ています。私達に近づかないと約束してくださるなら、メールは消去しましょう。送信も絶対にしません」

乃恵美も含め、呆然とする先輩達。

腹黒いにもほどがある。携帯の中にメールが本当に用意されているのかは分からないが、この用意周到さから恵梨花は確信した。

梓が趣味から離れているような情報を集めたのは、今日みたいなトラブルが起きた時のためなのだと。それも恐らく――。

「約束したとして、そっちが、そのメールを送信しないという保証は？　消しても、作り直すことは可能でしょう？」

乃恵美が冷静に切り返すと、梓は再び肩を竦めて見せた。

「そこはもう信じてもらうしかありませんね。それに、こういった情報を意味もなく送信するほど馬鹿じゃありません。送信したとして、こちらが痛い目に遭う可能性が高くなるだけなんですから」

ここで先輩達が引いた後にメールを送信したりしたら、梓に脅しの材料がなくなったと見た先輩達が復讐に来る。その可能性を考えれば、意味もなくメールを送信するのは馬鹿のすることであり、自分はそうではないと梓は言っているのだ。

乃恵美にも、それはハッキリ伝わったようだ。彼女は梓を憎々しく睨みつけると、友人達を振り返った。

「行くよ、みんな」

「え、でも……」

「あの子は本当に山崎くんとはつき合ってないみたいよ。だから、行きましょ？　陽子だって、あのメールの内容、学校にバラまかれたくないでしょ？」

陽子だけでなく、他の二人も大きく首を縦に振った。乃恵美は梓に念を押すこともなく、友人達を連れて立ち去った。

もう恵梨花に近づかないと約束させることは出来なかったが、彼女の潔い引き際は、約束は守ると言っているように感じられた。

その時、乃恵美達の背中を目で追っていた恵梨花は、ふと視界の端で、別の誰かが立ち去っていくのに気づく。

それは、同じ学校の制服を着た男子生徒。

一瞬見えた横顔から、黒縁眼鏡をかけているのだけは分かったが、すぐに視界から消えてしまった。

もしかして見られていたのかも、と考えていると、隣から梓の呟き声が聞こえてくる。

「この通りを……？　たまたま……？」

同じ方向に顔を向けていた梓だったが、自身の疑問を追い払うように小さく頭を振ると、苛立たしげに恵梨花を振り返った。

「梓、あり……」

「ちょっと、待って」

手を突き出され、止められる。

梓は何かを探すように注意深く周囲を見回した。

探している何かが見つからなかったのか、梓は首を傾げ口の横に手を添えて叫んだ。

「咲ー！　出てらっしゃーい！」

その大きな声よりも内容に恵梨花は驚いた。咲が近くにいるのか。

どこにいるのかと思った瞬間、すぐ背後からガサッと音がして、二人は揃ってビクッと体を震わせた。

二人が恐る恐る振り返ると、腰ぐらいの高さまである茂みから上半身を出し、頭に一枚の葉っぱをのっけた咲がいた。

「咲！　何で、そんなとこに!?」

恵梨花は手を引いて茂みから誘導し、葉っぱを取り払ってやる。

「お礼を言うなら、先に咲に言いなさい。恵梨花が四人の先輩に連れていかれたって聞いた咲が、急いで後を追って、あたしに連絡くれたのよ。それから、咲にはとにかく危ないから隠れてるようにだけ言って、あたしもすぐに走って来て、後はご覧の通りよ」

二人がこの場にいる理由、そして自分を心配して二人が駆けつけてくれたことに、恵梨花は涙が出そうになり、思わず咲を抱きしめた。

「ありがとう、咲」

「……怪我は？　大丈夫？」

言われてから恵梨花は膝の痛みを思い出すが、それが気にならないほど、二人がいることが嬉しかった。

「うん、痛むけど、大丈夫だから」

「後で、洗おう」

コクリと頷く咲を、恵梨花はさらにギュッと抱きしめた。

「ごめんね、咲？　ここまで来て、隠れて見ててなんて言って」

梓が申し訳なさそうに言うと、咲はフルフルと首を振る。

「……私が出ても、何も出来なかったと思うし」

友人が絡まれているのを黙ってジッと見ているだけなんて辛くて仕方ないはずだ。それが証拠に咲の膝には何かに耐えていたかのように、固く押し当てられた手の跡が赤く残っている。

恵梨花は親友に辛い気持ちを味わわせてしまったのだと気づき、許しを乞うように、再び強く抱きしめた。

場がしんみりとしかけたが、梓の一声で雰囲気が変わる。

「それじゃあ、恵梨花？　聞きたいんだけど、どうして一人で行ったの？」

ギクリとしながら、そろそろと目を上げる恵梨花。背筋に何か冷たいものが流れた気がした。

目が合った梓は、ニコリと微笑んでいた。

本当に綺麗な顔よね、と半ば現実逃避気味に思う一方で、これは結構怒ってるなということも分かってしまう。

「えーっとね？　最初は松浦さんだけだったし、一人なら大丈夫かな？　なんて思って……」

「それでついて行ったら四人だった？」

「そうなの！」

「そこで、何で、あたしに連絡しなかったの？」

「えっと……その、囲まれて連絡できなくて……」

「ふーん……」

その低い声色に、恵梨花は知らずしらずのうちに目を背けてしまった。

するとガシッと両手で顔を挟まれ、強制的に目を合わされる。

「本当のことを言いなさい……巻き込みたくないなんて水臭いこと考えて、連絡なんてする気なかったんでしょ？」

恵梨花はもう誤魔化せなかった。

「ご、ごめんなさい」

「もう！　そんなにあたし達は頼りない⁉」

梓が怒りを露《あら》わにすると、恵梨花は挟まれたままの顔をブンブンと振る。

「それなら、次に同じようなことがあったら、真っ先に言いなさい！　分かったわね⁉」

「は、はい……」

それからしばし梓は睨むように見つめていたが、急にフッと頬を緩ませて恵梨花を抱きしめた。

「ひどいことにならずに済んでよかったわ。怪我は足だけ？　他にはしてない？」

「うん。ありがとう、梓……」

恵梨花は少し涙声になる。

「いいのよ、お礼なんて。お礼……そうね、お礼は、これからあたしの家に遊びに来てくれたら、それでいいのよ」

急に何かを思いついたような声を出して小悪魔の如く梓が微笑む。すると、恵梨花はサッと身を引いた。

「な、何で、そうなるの⁉」

「何でって……早く、恵梨花の怪我の手当しないとダメじゃない？　それに生徒会の仕事を抜け出して、ヒマになっちゃったし」

「て、手当なら家でするから！」

「あたしの家の方が近いじゃない。それに、転んだせいよね、服も大分、汚れたみたいだから、急いで洗濯しないと……着替えてからね」

最後の一言が妙に艶《なまめ》かしく、恵梨花は声にならない悲鳴を上げた。

脳裏を過《よ》ぎるのは、以前梓の家に遊びに行った時に、着せ替え人形のように遊ばれたことだ。

最初こそ、自分ではあまり買わないような梓の服を着て楽しんでいたが、それが段々とエスカレートしていった。

どこで調達してきたのかと思うような服を持ってきては、嬉々として着替えさせるのだ。

「ま、また、変な服、着させようと思っているんでしょ⁉」

恵梨花が顔を真っ赤にして抗議の声を上げると、梓はキョトンとする。

「変な服って……ああ、あのメイド服？　あれは家の人も使ってるし、変な服じゃないでしょ」

「嘘！　なんか、スカート短かったし！」

「恵梨花の体に合わせたのよ。それにあたしと咲も着たじゃない」

「だ、だからって……！」

あの時は、梓がニッコリして「これを着て」とせがんできた。恵梨花は何度も断ったのだが、結局条件つきで応じてしまった。「私だけ着るなんて恥ずかしい！」と。

その瞬間の、梓のしてやったりの笑みを、恵梨花は一生忘れられないだろうと、後になって何度も思ったものだ。

計算通りと言わんばかりの梓は、咲と一緒に別の部屋で着替えてきた。恵梨花は思わず二人のメイド姿に見惚れてしまったが、同時に逃げ道がなくなったことを悟った。それどころかメイド服を着た梓が、奉仕と言う名目で恵梨花を自らの手で着替えさせたのだ。

今思い出しても、恥ずかしすぎる。写真も山ほど撮られてしまったし。

「せ、洗濯は家でするから！　着替えないからね！」

梓の家に行くのは避けられないと悟った恵梨花は、せめてもの抵抗をする。梓は渋い顔を見せたが、すぐに何か思い出したような顔をして微笑んだ。

「いいわよ。でも、恵梨花に似合うと思って、注文したものがあるのよ。それは服じゃないから、それだけ着けてみてくれない？」

「な、何、それ？」

着替えるのでないなら、と思う一方で、何か嫌な予感がして恵梨花が問い返す。梓はニッコリと笑って言った。

「猫耳」

途端に、今日、何度か耳にした「泥棒猫」という単語がフラッシュバックする。

恵梨花は顔を真っ赤にして叫んだ。

「絶対に、嫌～～!!」

◇◆◇◆◇◆◇

後方から、女の子の可愛らしい悲鳴が聞こえた気がした。

「ずいぶんと元気がいいもんだな……ま、大事《おおごと》にならなくてよかった」

黒縁眼鏡をかけたBグループの少年桜木亮《さくらぎりょう》は、振り返りもせず他人事《ひとごと》のように呟くと、駅へと急いだ。

数カ月後、彼女達、特Aグループの美少女と思わぬ接触をしてしまうとも知らずに――。

VRMMO-RPG（仮想現実体験型オンラインPRG）の新作「Arcana Online（アルカナオンライン）」。ある時を境に、このゲームを遊んでいたプレイヤーたちは、現実世界に戻ることができなくなった。妹とともにゲームをしていた高校生のジンもその一人。しかし、彼はそんな状況でも、マイペースなプレイスタイルを崩すことはなかった。妹が呆れるくらいに……

定価：1200円+税　ISBN 978-4-434-16572-6

illustration：イシバシヨウスケ

ALPHAPOLIS
アルファポリス

作家 出版原稿 募集!

アルファポリスでは**才能**ある**作家**
魅力ある**出版原稿**を**募集**しています!

◉ 既存の賞の傾向や審査員の嗜好の枠からはみ出た小説
◉ これまで知られてこなかった仕事の裏側事情
◉ 目からうろこの生活・情報ノウハウ　　……などなど

アルファポリスではWebコンテンツ大賞など
出版化にチャレンジできる
様々な企画・コーナーを用意しています。

まずはアクセスして下さい!

▶ アルファポリスからデビューした作家たち

恋愛小説
市川拓司
『Separation』
『VOICE』

ファンタジー
吉野匠
『レイン』シリーズ

児童書
川口雅幸
『虹色ほたる』
『からくり夢時計』

ホラーミステリー
椙本孝思
『THE CHAT』
『THE QUIZ』

*次の方は直接編集部までメール下さい。

◉ 既に出版経験のある方（自費出版除く）
◉ 特定の専門分野で著名、有識の方

詳しくはサイトをご覧下さい。

アルファポリスでは出版にあたって
著者から費用を頂くことは一切ありません。

フォトエッセイ
吉井春樹
『しあわせが、しあわせを、みつけてきた。』
『ふたいち。』

心理エッセイ
本多時生
『イヤな人がいる!』
『幸せになる考え方』

櫻《さくら》 井《い》春《はる》輝《き》

1983年生まれ、大阪市在住。2011年初頭からウェブ上で連載を始めた「Bグループの少年」が、同世代の若者を中心に大人気となる。2012年5月、アルファポリス「第4回青春小説大賞」読者賞を受賞した同作で、出版デビューを果たす。

イラスト：霜月えいと

http://dot8.sakura.ne.jp/

本書は、「小説家になろう」（http://syosetu.com/）に掲載されていたものを、改稿のうえ書籍化したものです。

B グループの少年

櫻井春輝

2012年 6月 3日初版発行
2012年 7月14日3刷発行
編集－宮本剛・太田鉄平
発行者－梶本雄介
発行所－株式会社アルファポリス
〒150-0013東京都渋谷区恵比寿4-6-1恵比寿ＭＦビル7F
TEL 03-6277-1601（営業）03-6277-1602（編集）
URL http://www.alphapolis.co.jp/
発売元－株式会社星雲社
〒112-0012東京都文京区大塚3-21-10
TEL 03-3947-1021
装丁・本文イラスト－霜月えいと
装丁デザイン－ansyyq design
印刷－大日本印刷株式会社

価格はカバーに表示されてあります。
落丁乱丁の場合はアルファポリスまでご連絡ください。
送料は小社負担でお取り替えします。

ISBN978-4-434-16734-8 C0093